紫式部と源氏物語 見るだけノート

監修
吉田裕子
Yuko Yoshida

宝島社

紫式部と源氏物語見るだけノート

監修｜吉田裕子｜Yuko Yoshida

宝島社

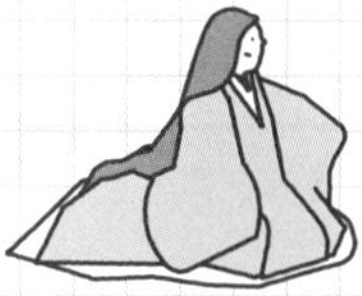

はじめに

紫式部と源氏物語の世界にようこそ！

皆さんは平安時代の才女、紫式部にどのような印象を持っていますか。私は千年前の彼女に、不思議なほど現代に通じるものを感じています。

紫式部は、漢学を含む教養と先進的な知性を持ちながら、子どものころから古風で奥ゆかしい価値観を聞かされて育ちました。すっかり内面化した保守的な価値観ゆえに、宮中に出て働く自分を恥じ、女房社会で恨みを買わずに乗り切っていくために、人前では「一」という漢字さえも書かないふりをしていたという女性です。

進んだ知性と古風な感覚。その矛盾ゆえに、生きづらい感覚を持っていた――どこか令和に生きる女性にも通じる葛藤を抱えていたのが紫式部であり、『紫式部日記』には悩める彼女の心の声がつづられています。そして、人付き合いでは消極的だった紫式部が、持てる知性を制限せず、存分に発揮できたのが『源氏物語』の執筆でした。

この時代、もう一人有名なのが清少納言です。男性貴族らとの機知に富んだやり取りを楽しみ、最先端のセンスを書き留めた清少納言が、TikTokやInstagramを愛用する人だとしたら、紫式部はX（旧Twitter）やnoteに想いを綴る人です。輪の中心で皆と盛り上がるのが清少納言なら、一歩引いたところから、人々を客観的に観察したのが紫式部です。その人間観察、社会への洞察が、『源氏物語』の記述に結び付きました。

『源氏物語』の登場人物は皆、複雑な魅力を持っています。生霊になってしまったことで知られる六条御息所は、ただのヒステリーな女性ではなく、抑えきれない光源氏への愛情を持て余し、理性的に振る舞おうと自分の身の振りを考え、制御しえずに起こしてしまった生霊騒ぎを深く恥じ、光源氏からの評価を恐れている切ない人です。

私は「三鷹 源氏物語を読む会」という会を開き、『源氏物語』の現代語訳を進めています。まだ道半ばですが、全部で百数十万字に達するであろう壮大なチャレンジです。自分で訳してみようと物語を読み込むと、改めて、たくさんの魅力的な人物が見つかります。とくに、たくさん登場する女性たちはいずれも個性的。自分の年齢や精神状態が変わると、共鳴するキャラクターが変わってくるのも、何度も『源氏物語』を読むことの楽しみです。

本書では『源氏物語』の54帖(巻)全体を見渡せるようにしています。「イケメンでプレイボーイの光源氏がたくさんの女性と付き合う物語」と考えている人は、ぜひ第二部まで目を通していただきたいと思います。中年となった光源氏が醜悪なところを見せたり、弱く老いていったりする姿も、また『源氏物語』の面白さです。

自然描写と人間描写とが響き合う、深く美しい味わいがある一方で、「ここところがつながるのか!」という、伏線回収的、推理小説的な面白さもあります。第一部・第二部は、大河ドラマのようなスケールで光源氏の生涯を綴っていきますが、第三部は、限られた登場人物の中での恋愛模様を中心に描く、三ヵ月クールの恋愛ドラマのような物語です。好みの分かれるところですが、自分はどちらが好きか考えながら読むのも面白いですね。

昔から「須磨(すま)源氏」といいます。前から読み進めて、12巻の「須磨」あたりで挫折する人が多いという言葉です。現代語訳や原文に挑戦したいと思っている人も、まずは本書で、関心のある巻を見極め、その巻から読むのに挑戦されるのもよいかと思います。

本書が、紫式部や源氏物語の魅力を知る一助となれば幸いです。

吉田裕子

紫式部と源氏物語 見るだけノート

Contents

はじめに …… 4

第一章
『源氏物語』の楽しみ方

01 『源氏物語』が書かれた時代
国風文化 …… 12

02 主人公・光源氏のモデルは誰?
光源氏 …… 14

03 貴族社会で最強だった藤原氏の権勢
摂関政治 …… 16

04 『源氏物語』が生まれた文学的背景
かな文字／かな文学 …… 18

05 平安貴族の恋愛と結婚
後朝の文 …… 20

06 極楽往生を願った平安貴族たち
仏教／出家 …… 22

『源氏物語』54帖をざっくり解説 …… 24

COLUMN 1
平安時代の"美人"の条件 …… 28

第二章
平安貴族の基礎知識

01 平安京と内裏はどんなところだった?
後宮 …… 30

02 平安貴族の衣食住① 装束
束帯／裳唐衣 …… 32

03 平安貴族の衣食住② 食事
大饗料理 …… 34

04 平安貴族の衣食住③ 住居
寝殿造 …… 36

05 宮中における年中行事
年中行事／日記 …… 38

06 平安貴族の身分制度
位階と官職／官位相当制 …… 40

07 平安貴族の仕事と暮らし
二官八省制／文官と武官 …… 42

08 後宮の女性たちの身分制度
二后並立 …… 44

09 後宮の女性たちの仕事と暮らし
女房／内侍司 …… 46

COLUMN 2
平安貴族が愛したペットたち …… 48

第三章
紫式部をめぐる人々

01 紫式部の人生ストーリー解説①
出生～少女時代
藤原為時 …… 50

02 紫式部の人生ストーリー解説②
結婚～夫との死別
越前国／藤原宣孝 …… 52

03 紫式部の人生ストーリー解説③
物語の執筆～出仕
源氏物語／中宮彰子 …… 54

04 紫式部の人生ストーリー解説④
その後の紫式部
紫式部日記① …… 56

紫式部と藤原道長をめぐる人々 …… 58

05 藤原道長の人生ストーリー解説①
出生～歴代最年少の公卿
藤原兼家 …… 60

06 藤原道長の人生ストーリー解説②
兄の病没と政敵の失脚
藤原道隆／藤原伊周 …… 62

07 藤原道長の人生ストーリー解説③
栄華を極めた道長
一条天皇／一家立三后 …… 64

08 藤原道長の人生ストーリー解説④
道長の晩年とその後
法成寺／藤原頼通 …… 66

09 『源氏物語』の舞台となった時代の天皇たち
延喜・天暦の治 …… 68

10 紫式部をめぐる女性たち
紫式部日記② …… 70

11 紫式部の家族
藤原賢子 …… 72

COLUMN 3
平安時代の貴族の遊び …… 74

第四章

54帖を一気に解説！ その一（第一部前半）

若き日の光源氏

『源氏物語』主要登場人物相関図 …… 76

一 桐壺 光源氏 1～12歳 …… 78

二 帚木 光源氏 17歳 …… 80

三 空蝉 光源氏 17歳 …… 82

四 夕顔 光源氏 17歳 …… 83

五 若紫 光源氏 18歳 …… 84

六 末摘花 光源氏 18～19歳 …… 86

七 紅葉賀 光源氏 18～19歳 …… 87

八 花宴 光源氏 20歳 …… 88

九 葵 光源氏 22歳 …… 90

十 賢木 光源氏 23～25歳 …… 92

十一 花散里 光源氏 25歳 …… 93

十二 須磨 光源氏 26歳 …… 94

十三 明石 光源氏 27～28歳 …… 95

COLUMN 4 平安貴族が使用した乗り物 …… 96

第五章

54帖を一気に解説！ その二（第一部後半）

栄華を極める光源氏

十四 澪標 光源氏 29歳 …… 98

十五 蓬生 光源氏 28歳 …… 100

十六 関屋 光源氏 29歳 …… 101

十七 絵合 光源氏 31歳 …… 102

十八 松風
光源氏 31歳 …… 104

十九 薄雲
光源氏 32歳 …… 105

二十 朝顔
光源氏 32歳 …… 106

二十一 少女
光源氏 33～35歳 …… 108

二十二 玉鬘
光源氏 35歳 …… 110

二十三 初音
光源氏 36歳 …… 112

二十四 胡蝶
光源氏 36歳 …… 114

二十五 蛍
光源氏 36歳 …… 115

二十六 常夏
光源氏 36歳 …… 116

二十七 篝火
光源氏 36歳 …… 117

二十八 野分
光源氏 36歳 …… 118

二十九 行幸
光源氏 37歳 …… 120

三十 藤袴
光源氏 37歳 …… 121

三十一 真木柱
光源氏 38歳 …… 122

三十二 梅枝
光源氏 39歳 …… 124

三十三 藤裏葉
光源氏 39歳 …… 126

COLUMN 5
平安貴族の嗜みだった雅楽 …… 128

第六章
54帖を一気に解説！
その三（第二部）
晩年を迎える光源氏

三十四 若菜 上
光源氏 39～41歳 …… 130

三十五 若菜 下
光源氏 42～47歳 …… 132

三十六 柏木
光源氏 48歳 …… 134

三十七 横笛
光源氏 49歳 …… 136

三十八 鈴虫
光源氏 50歳 …… 137

三十九 夕霧
光源氏　50歳 …………… 138

四十 御法
光源氏　51歳 …………… 140

四十一 幻
光源氏　52歳 …………… 141

COLUMN 6
平安時代の斎宮と斎院 ………… 142

第七章
54帖を一気に解説！
その四（第三部）
光源氏亡きあとの物語

四十二 匂宮
薫　14～19歳 ………… 144

四十三 紅梅
薫　24歳 …………… 146

四十四 竹河
薫　14～19歳 ………… 147

四十五 橋姫
薫　20～22歳 ………… 148

四十六 椎本
薫　23歳 …………… 149

四十七 総角
薫　24歳 …………… 150

四十八 早蕨
薫　25歳 …………… 152

四十九 宿木
薫　24～26歳 ………… 153

五十 東屋
薫　26歳 …………… 154

五十一 浮舟
薫　27歳 …………… 155

五十二 蜻蛉
薫　27歳 …………… 156

五十三 手習
薫　27歳 …………… 157

五十四 夢浮橋
薫　28歳 …………… 158

第一章

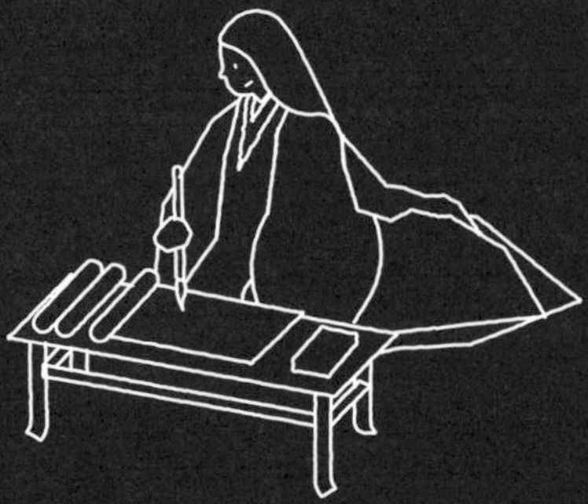

『源氏物語』の楽しみ方

平安時代中期に『源氏物語』が成立した背景には、
当時、独自の発展を遂げ花開いた王朝文化があります。
その時代背景を知ることで、『源氏物語』を
より深く、楽しく読むことができるようになります。

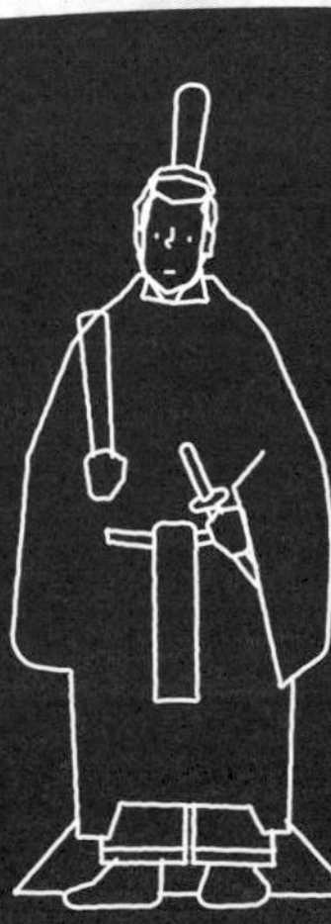

KEY WORD → ☑ 国風文化

01 『源氏物語』が書かれた時代

不朽の名作『源氏物語』が書かれたのは、日本ならではの貴族文化が花開いた時代だった。

平安時代中期に書かれた『源氏物語』は、当時、世界でもまれな長編恋愛小説です。正確な成立年代は不明ですが、起筆は長保3年（1001）以降と考えられています。また、作者とされる紫式部の生没年も正確にはわかっておらず、生まれたのは天禄元年（970）から天元元年（978）の間で、少なくとも寛仁3年（1019）までは存命だったと考えられています。

『源氏物語』が書かれた時代はいつ？

古墳時代
（3世紀後半～7世紀ごろ）
平安時代
（794年～1185年）
飛鳥時代
（6世紀末～710年）
奈良時代
（710年～794年）
鎌倉時代
（1185年～1333年）
遣唐使の廃止と前後して、平安時代には独特の華やかな王朝文化が開花せるなり平安時代は、平安京が都となった延暦（えんりゃく）13年（794）から鎌倉幕府が成立したとされる文治（ぶんじ）元年（1185）までの約400年を指します。平安時代中期から後期にかけては、摂関政治と荘園制のもとで、温雅な日本風の貴族文化（国風文化）が花開き、宮廷の女房（※1）を中心とする、日記や随筆、和歌、物語などの「かな文学」が発達しました。

※1 女房…宮廷に仕える女官たち。中流貴族以下の家の娘たちが担った。
※2 律令制…律（刑法）と令（行政法を中心としたその他の法）に基づく中央集権的な政治制度および法体系。

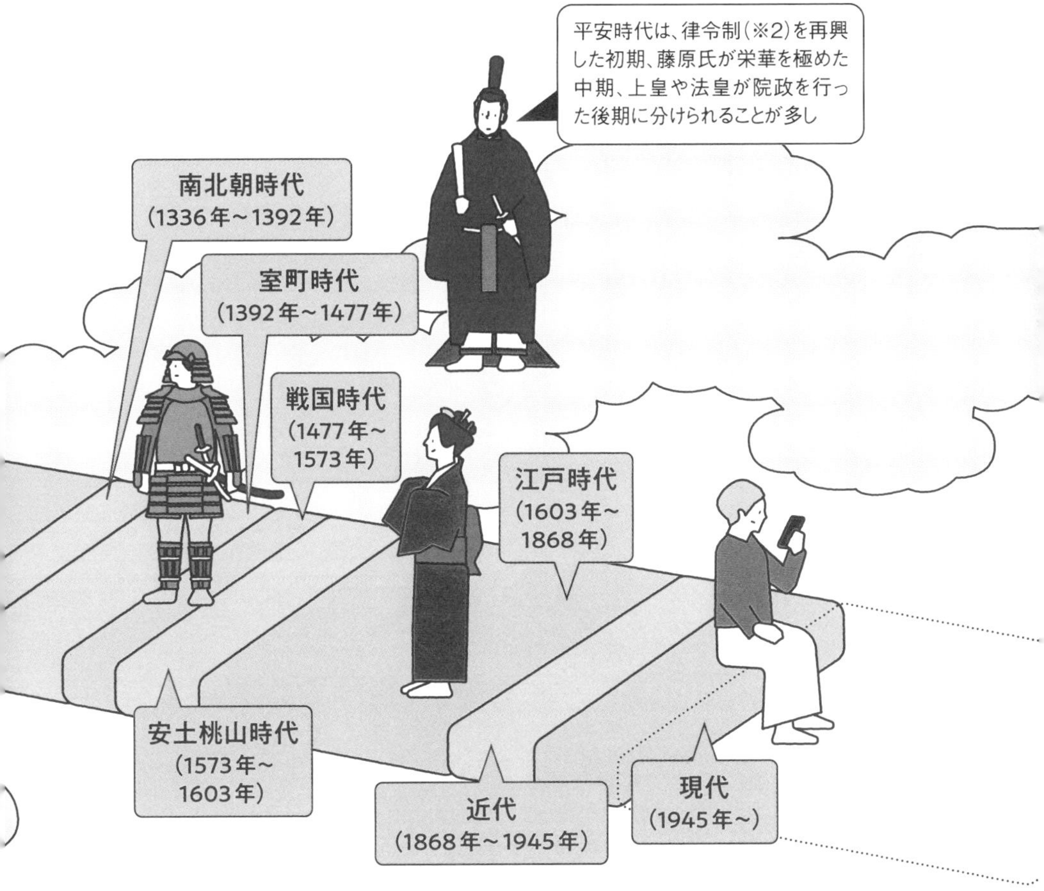
平安時代は、律令制(※2)を再興した初期、藤原氏が栄華を極めた中期、上皇や法皇が院政を行った後期に分けられることが多し
南北朝時代
(1336年～1392年)
室町時代
(1392年～1477年)
戦国時代
(1477年～1573年)
江戸時代
(1603年～1868年)
安土桃山時代
(1573年～1603年)
近代
(1868年～1945年)
現代
(1945年～)

02 主人公・光源氏のモデルは誰？

『源氏物語』の主人公・光源氏は、さまざまな人をモデルとして生み出された架空の人物です。

『源氏物語』の主人公・光源氏は、さまざまな人物がモデルになったと考えられています。中でも有名なのが、嵯峨天皇の第十二皇子だった源融（822～895）と、醍醐天皇の第十皇子だった源高明（914～983）です。二人は、いずれも「源」の姓を賜って臣籍降下（※1）しており、母親の身分が更衣（44ページ参照）だったことも光源氏と共通しています。

『源氏物語』の主人公・光源氏とは？

生い立ち

天皇（桐壺帝）の第二皇子。母は桐壺更衣。幼くして母をなくし、母に似た桐壺帝の女御・藤壺を慕う。

容姿

光り輝くような素晴らしい容姿であることから「光る君（光源氏）」と称される。本名は不明。

特技

音楽（七絃琴）、書、絵画、和歌、舞踊、蹴鞠、薫香など技芸全般に秀でる。いわば文武両道。

家族

正妻（格）…葵の上、紫の上、女三の宮
子ども…冷泉帝（世間には秘密）、夕霧、明石の姫君、薫（実は他人の子）

※1 臣籍降下…皇族がその身分を離れて臣民の身分となること。

『伊勢物語』（19 ページ参照）の主人公として知られる平安貴族・在原業平（825 ～ 880）もモデルの一人とされるほか、紫式部と同時代の人物もモデルとなったと考えられています。たとえば、光源氏は物語中盤で駆け上がるように出世していきますが、そうした姿は、紫式部のパトロンでもあった藤原道長（966 ～ 1028）の姿が投影されたものともいわれています。

光源氏のモデルとされる人物たち

源高明

学芸に秀でており、臣籍降下後、左大臣（40 ページ参照）にまで登り詰めたが、天皇への謀反を疑われ左遷された。

源融

優れた容姿をしていたと伝わる。作中で光源氏が建てる邸宅・六条院は、源融の六条河原院がモデルとされる。

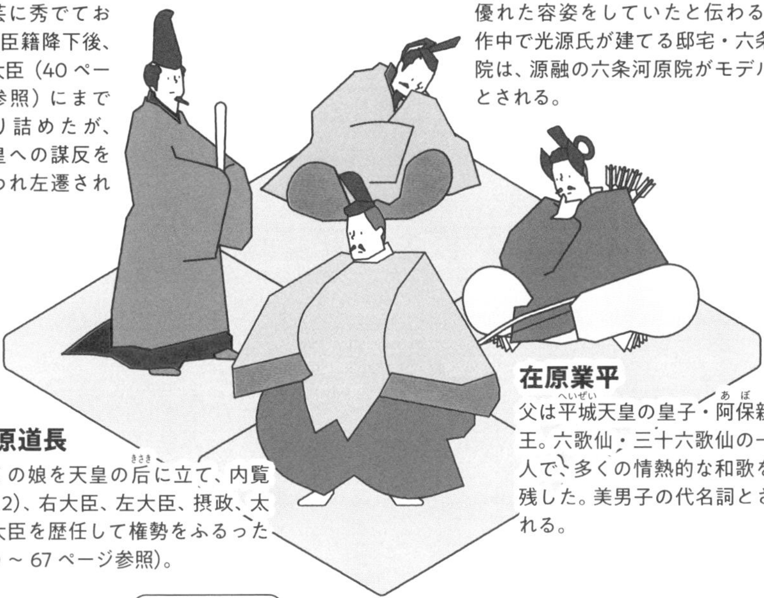

在原業平

父は平城天皇の皇子・阿保親王。六歌仙・三十六歌仙の一人で、多くの情熱的な和歌を残した。美男子の代名詞とされる。

藤原道長

多くの娘を天皇の后に立て、内覧（※ 2）、右大臣、左大臣、摂政、太政大臣を歴任して権勢をふるった（60 ～ 67 ページ参照）。

光源氏のモデルとされる人物は、この四人以外にも複数ありけり

Point

「一世源氏」とは？

光源氏のように、天皇の皇子のうち母の身分が低いなどで親王になれず、「源」の姓を賜って臣下になった人たちのことを「一世源氏」といいました。しかし、『源氏物語』が書かれる約 50 年前を境にこの制度は消滅。つまり、紫式部は過去（50 ～ 100 年前）を舞台として物語を綴ったのです。

※ 2 内覧…62 ページ参照

03 貴族社会で最強だった藤原氏の権勢

『源氏物語』が書かれた平安時代中期は、藤原氏が摂政・関白となって政治を行った時代でした。

紫式部が生きた時代は、藤原氏が天皇の外戚として摂政・関白を独占し、政治の実権を握った時代でした。藤原氏による摂関政治は、天安2年（858）の藤原良房の摂政就任に始まり、康保4年（967）に藤原実頼が891年以来空白だった関白になって確立。そして11世紀前半の藤原道長・頼通親子の時代に最盛期を迎えましたが、11世紀後半に白河上皇による院政が始まると、摂関政治は形骸化していきました。

藤原氏が権力を掌握するまで

中臣（藤原）鎌足
（614～669）
藤原氏の祖。大化の改新ののち政府の重鎮となり、天智天皇から藤原の氏を賜った。
藤原房前（681～737）
不比等の二男。のちに摂関政治で隆盛を極める藤原北家（※1）の祖となった。
藤原不比等（659～720）
鎌足の二男。律令体制を確立。娘二人を文武・聖武両天皇に嫁がせ外戚関係を築いた。
藤原冬嗣（775～826）
房前の曽孫（孫の子）。嵯峨天皇の信任あつく、娘を仁明天皇の妃として皇室と血縁を深めた。

前項で「『源氏物語』の舞台は過去」と書きましたが、物語中盤で光源氏が失脚して須磨、明石へと落ち延びたのち、再び帰京して内大臣、太政大臣、准太上天皇（※2）へと登り詰めていく姿は、当時、栄華を極めた藤原道長の姿をなぞったものともいわれています。一方で、紫式部は失われた「一世源氏」を主人公にすることで、藤原摂関体制への批判を込めたとする説もあります。

※1 藤原北家…藤原氏の四家（南家・北家・式家・京家）の一つで、不比等の二男・房前を祖とする。四家のうちもっとも栄え、摂関政治を築いた。
※2 准太上天皇…太上天皇（譲位した天皇。上皇）に准じた待遇のこと。

藤原頼通（992～1074）
道長の長男。後一条・後朱雀・後冷泉3代の天皇の摂政・関白となった。
藤原基経（836～891）
良房の兄の三男。良房の養子。元慶4年（880）に初の関白となり、藤原摂関家隆盛の基礎を作った。
藤原道長（966～1028）
基経の玄孫（孫の孫）。娘四人を天皇の后として強固な外戚関係を築き、絶大な権力を握った。
藤原良房
（804～872）
冬嗣の二男。皇族以外で初の摂政となり摂関政治の礎を築き、娘を文徳天皇の妃とした。
摂関政治が最盛期を迎えるまでには、道長の父・兼家と叔父の兼通の対立、道長とその甥・伊周との対立など、藤原北家内でも骨肉の権力闘争がありけり

04 『源氏物語』が生まれた文学的背景

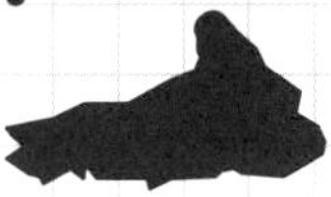

奈良時代初期から平安時代中期までの約300年の間に、日本の文学は多様化していきました。

日本に現存する最古の書物は、奈良時代初期に成立した『古事記』『日本書紀』です。この「記紀」成立から『源氏物語』が書かれるまでの約300年の間に、日本の文学は多様化していきました。中でも大きな影響を与えたのが「かな文字」の誕生です。平安時代初期には、かな文字で執筆された現存最古の物語『竹取物語』ほか、多くの物語や日記などの貴族文学が生み出されました。

かな文字の誕生と日本文学の多様化

『古事記』『日本書紀』

日本神話や古代の歴史を伝える『古事記』『日本書紀』は8世紀初頭に成立。『古事記』は変体漢文（※）、『日本書紀』は漢文で書かれた。

太安万侶

『古事記』の編纂者。

『万葉集』

7世紀後半から8世紀後半にかけて編纂された日本に現存する最古の和歌集。日本語の音を漢字で表す万葉がなで書かれた。

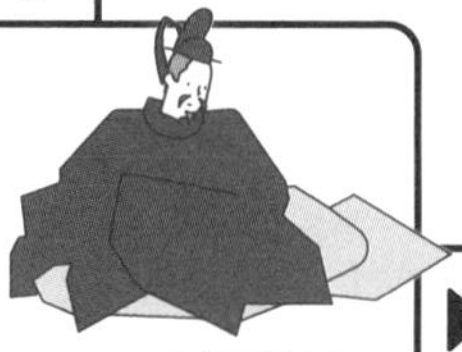

大伴家持

『万葉集』を代表する歌人の一人。

『竹取物語』

平安時代初期に成立。作者不詳。現在も“かぐや姫”の物語として広く知られる。かな文字による現存最古の物語文学とされる。

作者不詳

『古今和歌集』

延喜5年（905）、醍醐天皇の勅命で作られた日本最古の勅撰和歌集。平仮名が晴れの文学で初めて用いられた。

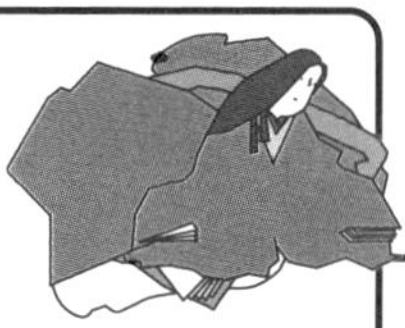

小野小町

『古今和歌集』を代表する歌人の一人。

※変体漢文…日本語を漢字だけで綴った文。正規の漢文とは異なる用字や語彙、語法などを含む。

かな文字の誕生は和歌の発展を促したほか、『土佐日記』をはじめとした多様な日記文学や、『枕草子』などの随筆が生まれるきっかけとなりました。また、『伊勢物語』に代表される歌物語の誕生も、物語文学の発展に寄与しました。平安時代中期まで、こうした「かな文学」は女性や子どもが楽しむものとして軽視されていましたが、『源氏物語』の登場が、その地位向上をもたらしました。

『土佐日記』

承平（じょうへい）5年(935)の成立とされる、紀貫之が女性に仮託して書いたかなの旅日記。のちの日記文学や随筆文学に大きな影響を与えた。

紀貫之（きのつらゆき）
歌人。『古今和歌集』の選者の一人でもある。

『枕草子』

長保2年（1000）ころの成立。一条（いちじょう）天皇の中宮（ちゅうぐう）・定子（ていし）に仕えていたころの体験などを綴る。日本における最初の随筆文学とされる。

清少納言（せいしょうなごん）
中宮定子に仕え、和漢にわたる学才で愛された。

『伊勢物語』

900年前後から段階的に成立。作者不詳。在原業平と思われる男の生涯を、恋愛を中心として描く。和歌を中心に構成された歌物語。

作者不詳

『和泉式部日記』

歌人・和泉式部と敦道（あつみち）親王との恋愛を歌物語風に綴った日記で、長保5年(1003)から翌年にかけてのことが書かれている。

和泉式部（いずみしきぶ）
中宮彰子（しょうし）に仕えた歌人。中古三十六歌仙の一人。

Point

漢文学の影響

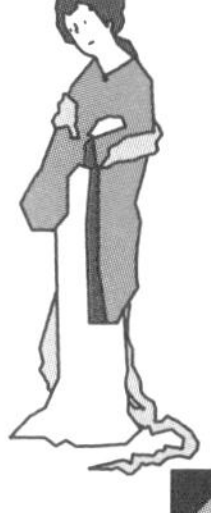

紫式部の父・藤原為時（ためとき）は漢文学の学者として著名で、紫式部自身も幼いころから漢文学に親しんでいました。その素養は『源氏物語』にも活かされており、たとえば、桐壺（一帖）と幻（四十一帖）は、唐の詩人・白居易（はくきょい）が玄宗（げんそう）皇帝と楊貴妃（ようきひ）の悲劇を詠んだ漢詩『長恨歌（ちょうごんか）』をベースにしたものといわれています。

05 平安貴族の恋愛と結婚

平安時代の男性貴族は、相手女性の顔を知らずに恋に落ちることも多かったといわれています。

平安時代の貴族の女性は、他人に顔を見せませんでした。そのため男性貴族たちは、相手の顔や姿を見る前に「美しい姫君がいる」といった噂（うわさ）で恋に落ちることが多く、あるいは邸（やしき）の垣根や御簾（みす）越しに女性の姿をちらっと見る「垣間見（かいまみ）」で恋愛感情を抱く男性もいました。また、紫式部が仕えた後宮（こうきゅう）（※）は、男性貴族との接触が多くなるため、恋が生まれることが多かったようです。

平安貴族の恋愛と結婚の手順

①恋愛のきっかけ

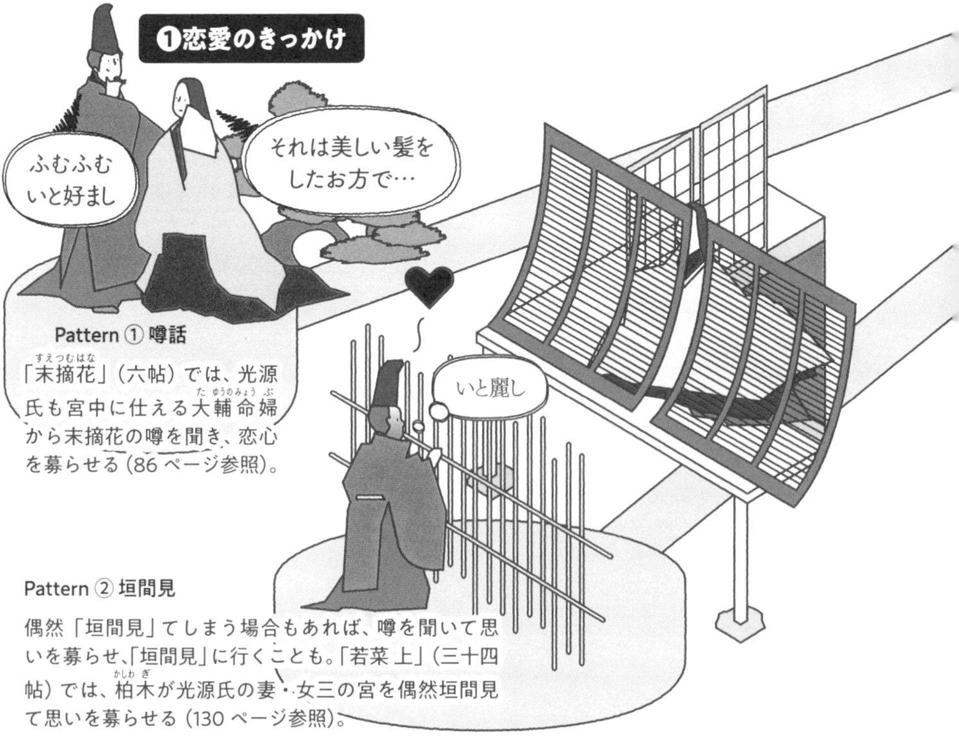
ふむふむ
いと好まし
それは美しい髪をしたお方で…
いと麗し

Pattern ① 噂話

「末摘花（すえつむはな）」（六帖）では、光源氏も宮中に仕える大輔命婦（たゆうのみょうぶ）から末摘花の噂を聞き、恋心を募らせる（86ページ参照）。

Pattern ② 垣間見

偶然「垣間見」てしまう場合もあれば、噂を聞いて思いを募らせ、「垣間見」に行くことも。「若菜 上」（三十四帖）では、柏木（かしわぎ）が光源氏の妻・女三の宮を偶然垣間見て思いを募らせる（130ページ参照）。

※後宮…天皇の后妃やその子どもが住むところ。平安京内裏の後宮は七殿五舎（しちでんごしゃ）という。

恋に落ちた男性は、仲介人を通して女性に和歌を添えた手紙を送ります。この手紙に対し、女性は慎重に対応しますが、男性はこりずに送り続けます。何度か手紙を交わしてお互いの思いが深まったら、男性が女性の邸を訪れて第一夜を過ごし、男性は翌日、女性に後朝の文（和歌を書いた手紙）を送ります。その後、三日目まで連続して男性が女性のもとに通うと、ようやく結婚が成立しました。

❷交際開始（恋の駆け引き）
手紙（和歌）のやりとり
男性は和歌を添えた手紙を女性に送る。女性はその手紙が気に入れば返歌を送るが、最初のうちは侍女などが代筆する場合が多かった。
あな愛おし
つまり、和歌や文字が下手な人は恋愛も下手ということなり
❸結婚までの手順
女性の邸に通う
手紙のやりとりを重ねたのち、男性が女性の邸を訪れる。夜深くに裏口から入り、明るくなる前に帰るのがマナー。翌日、男性が後朝（※）の手紙（和歌）を女性に送らなかった場合は、そこで破談となる。
※後朝…男女が契りを交わした日の朝のこと。別れ際にお互いの衣を交換することを「衣衣」といったことが由来。
❹露顕
お披露目する
以後よろしく願いたてまつる
当時の結婚は男性が女性の邸に通う"通い婚"が主だったため、女性側の親が用意した装束を男性が着ることで「女性の家の人になった」ことを意味せり
女性のもとに3日通い続けたら、男性は結婚成立の証として「三日夜の餅」を食べる。そのあと、女性の邸で用意した装束を身につけ、露顕（披露宴）を行った。

06 極楽往生を願った平安貴族たち

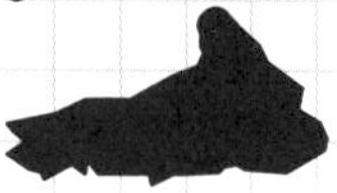

伝来当初、国家や政治のために利用されていた仏教は、平安時代以降、個人が信仰するものへと変化していきました。

仏教が日本に伝来したのは6世紀（西暦538年と552年の二説あり）のこと。当初、仏教は国家や政治と強く結びついており、個人、とくに庶民にはほぼ関わりのないものでした。しかし、平安時代に入ると仏教はより個人と関わるものとなっていき、貴族たちの中にも篤く信仰する人々が現れました。また、藤原氏など財のある貴族たちは自ら寺院を建て、極楽往生を願いました。

「末法思想」とは？

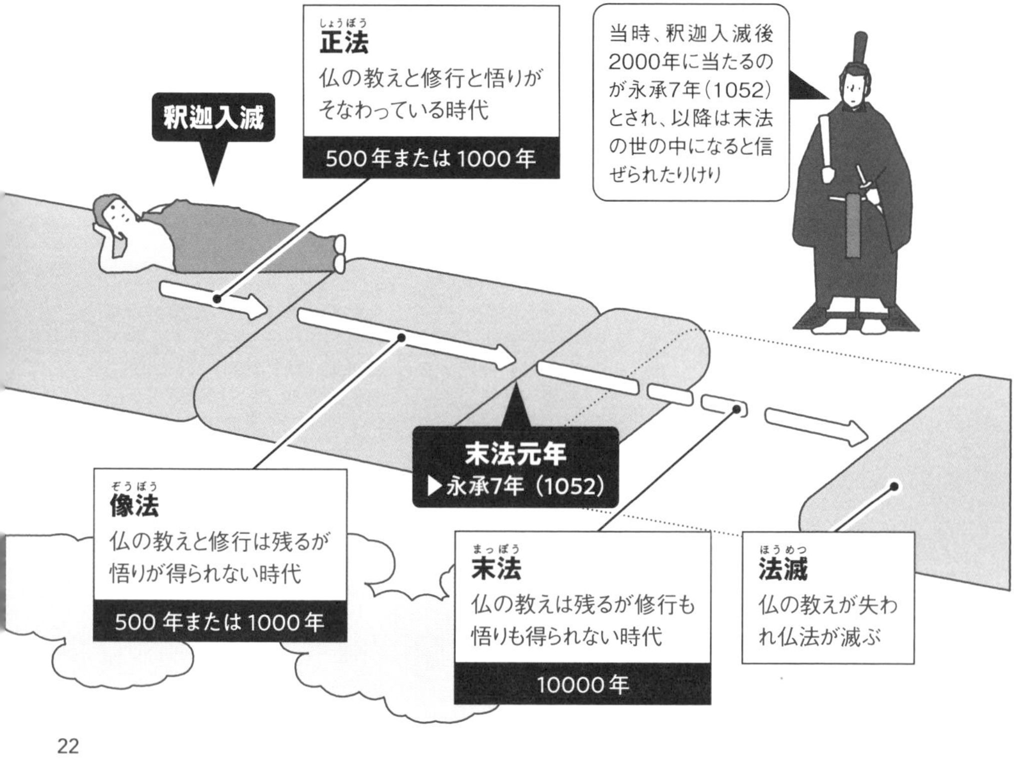
釈迦入滅
正法
仏の教えと修行と悟りがそなわっている時代
500年または1000年
当時、釈迦入滅後2000年に当たるのが永承7年（1052）とされ、以降は末法の世の中になると信ぜられたりけり
像法
仏の教えと修行は残るが悟りが得られない時代
500年または1000年
末法元年
▶永承7年（1052）
末法
仏の教えは残るが修行も悟りも得られない時代
10000年
法滅
仏の教えが失われ仏法が滅ぶ

『源氏物語』にも、仏教に関連する場面がたびたび描かれており、作中、光源氏と関わった多くの人（とくに女性たち）が出家します。これは、当時の女性たちがいかに生きづらく、悩み多き存在だったのかを示しているのかもしれません。また、当時は釈迦入滅後2000年が経過し、仏法が衰えて悪事がはびこるという「末法思想」が多くの人に信じられていました。そのため、念仏を唱えれば現世はもとより、来世も極楽往生できると説く浄土教が盛んになりました。

『源氏物語』で出家する女性たち

藤壺
光源氏の求愛から逃れるために出家（十帖・賢木）
六条御息所
病気を患って出家（十四帖・澪標）
空蝉
義理の息子の求愛から逃れるため出家（十六帖・関屋）
朧月夜
出家した夫・朱雀院を追うように出家（三十五帖・若菜 下）
朝顔の姫君
信仰心の高まりから出家（三十五帖・若菜 下）
女三の宮
病気と罪の意識から出家（三十六帖・柏木）
秋好中宮や紫の上も出家願望を訴えけり。在宅のまま出家する場合も多く、女性は頭を剃らずに背中のあたりで髪を切りそろえる（尼削ぎ）だけということが多かり
浮舟
自殺未遂後、比叡山の僧に助けられ出家（五十三帖・手習）

『源氏物語』54帖をざっくり解説

光輝くように美しい光源氏は、亡くなった母に似た面影を持つ藤壺を恋い慕うようになる。

光源氏は左大臣の娘・葵の上と結婚するが、藤壺への思いは変わらなかった。

思うは藤壺のことばかり…
結婚とはつまらぬもの
第一部
わがまことの父なりや…
われの妻にならむぞ
私の娘になりたまへ

光源氏が京に呼び戻される。朱雀帝が譲位し、光源氏と藤壺の子が即位し、冷泉帝となる。

明石の君の娘は引き取られ、紫の上の子に。藤壺が死に、冷泉帝は自分の出生の秘密を知る。

光源氏は豪邸・六条院を完成させ、紫の上や過去に関係のあった女性たちを住まわせる。

光源氏は、頭中将（とうのちゅうじょう）と今は亡き夕顔の子である玉鬘（たまかずら）を、自分の娘として六条院に引き取る。

光源氏の子の夕霧ほか多くの男たちが玉鬘に言い寄るが、玉鬘は鬚黒（ひげくろ）の大将と結婚する。

桐壺帝の第二皇子で美貌と才能に恵まれた光源氏は、幼くして母・桐壺更衣を亡くす。その後、帝の新たな寵姫となったのは桐壺によく似た藤壺で、源氏は藤壺を恋い慕うようになる。母と藤壺の面影を追いながら数多の女性と逢瀬を重ねた源氏は、藤壺との密通や失脚を経て、権力闘争の中で栄華を極めるも、晩年は無常観に襲われる。光源氏亡きあと、源氏の末子として育てられた薫は、自分の出生の秘密に悩みながら、宇治の大君に惹かれていく。

光源氏は、夕顔が咲く邸に住む女と逢瀬を重ねるが、女は物の怪に取り憑かれて急死する。
光源氏と密通した藤壺の妊娠が発覚。光源氏は藤壺の姪・若紫を垣間見、のちに強引に連れ去る。
なんとも美しき少女…
むつ言を語り合わむ…
……
都ははるか遠くなれども…
葵の上が男児（夕霧）を出産後に亡くなる。光源氏は紫の上（若紫）を妻に迎える。
須磨から明石に移った光源氏は、明石入道の娘と結ばれ姫君（明石の姫君）をもうける。
光源氏と朱雀帝の寵姫・朧月夜との密通が発覚。光源氏は都を離れて須磨へ向かう。
われもついに四十歳か…
わらわがいながら上皇の娘と結婚とは…
第二部
夕霧が内大臣（頭中将）の娘・雲居雁と結婚。光源氏は准太上天皇の位に登り詰める。
出家を決めた朱雀院が娘の女三の宮（藤壺の姪）を光源氏に嫁がせ、紫の上が嫉妬する。

紫式部による『源氏物語』は、光源氏の誕生から栄華を極めるまでの第一部、光源氏が苦悩を味わい出家を決意するまでの第二部、光源氏の子（実際は柏木の子）薫らが恋に苦悩する第三部という三部構成になっています。『源氏物語』という呼称は後世につけられたもので、「源氏の物語」「光源氏の物語」「紫のゆかり」などとも呼ばれてきました。紫式部は宮廷に出仕する前からこの物語を書き始め、出仕後は藤原道長の援助を受けながら書き進めていったと考えられています。

大君が死に、薫は今上天皇の女二宮と結婚するが、大君に瓜二つの浮舟を垣間見て心惹かれる。
大君に生き写しなり
薫のふりをして浮舟に近づかむ
薫は浮舟と契りを結ぶが、同じく浮舟に心を寄せる匂宮が、強引に浮舟と関係を持つ。
御冗談を
あなたの本当の父親は…
やはりそうか…
八の宮の大君（長女）に思いを寄せる薫は、匂宮と大君の妹・中の君（次女）の仲を取り持つ。
大君、われと一緒に…
宇治に隠棲する叔父・八の宮のもとへ通うようになった薫は、自身の出生の秘密を知る。
太政大臣（頭中将）の息子・柏木が女三の宮を垣間見て一目惚れし、密通してしまう。
お前も老いからは逃れられぬ…
なんと美しい…
第二部続き
女三の宮が柏木の子（薫）を出産するが、柏木は光源氏に嫌味を言われ、病気になって死ぬ。

帚木三帖

第一部 桐壺／帚木／空蝉／夕顔／若紫／末摘花／紅葉賀／花宴／葵／賢木／花散里／須磨／明石／澪標／蓬生／関屋／絵合／松風／薄雲／朝顔／少女／玉鬘／初音／胡蝶／蛍／常夏／篝火／野分／行幸／藤袴／真木柱／梅枝／藤裏葉

玉鬘十帖

第二部 若菜上／若菜下／柏木／横笛／鈴虫／夕霧／御法／幻／（雲隠）

第三部 匂宮／紅梅／竹河／橋姫／椎本／総角／早蕨／宿木／東屋／浮舟／蜻蛉／手習／夢浮橋

宇治十帖

薫と匂宮との間で板挟みになった浮舟は、懊悩（おうのう）のすえ入水（じゅすい）を決意して姿を消す。

入水に失敗した浮舟は出家する。薫は浮舟に逢おうとするが、その願いは叶わなかった。

この世から
消えてしまいたい…
浮舟は誰かに
囲われたりや？
この男には
負くまじ
長らく病床に伏せっていた紫の上が亡くなり、意気消沈した光源氏は出家の意志を固める。
光源氏の子として育てられた薫と光源氏の外孫・匂宮（におうのみや）は友人かつ、ライバル関係にあった。
もうわれの命も
長くない。
出家せむ
第三部
なんと
奥ゆかしき人
いずこへ行く？
実家に帰らむ
夕霧は強引に落葉の宮と契りを結び、嫉妬した夕霧の妻・雲居雁は実家に帰ってしまう。
夕霧は、死んだ柏木の妻・落葉（おちば）の宮（女二の宮）を見舞ううち、彼女に惹かれていく。

COLUMN 1

平安時代の“美人”の条件

紫式部が評する美人とは?

紫式部は、『紫式部日記』にこまごまと美人の条件を記しています。それによると、まずは髪が美しく長いこと、顔立ちが整っていること、どちらかといえば小柄であること、色白であること、そして腕が長いことが、当時の典型的な美女の条件でした。現代の美人の条件と通じる部分もありますが、異なる部分も多いようです。以下に細かく見ていきましょう。

顔
顔は額が突き出ておらず、目元は涼しげ、鼻は小さめ、顔立ちは豊下(おもふく)(しもぶくれ)で、口は小さめで引き締まっているのがよいとされる。絵では貴人は引目鉤鼻(ひきめかぎばな)で描かれる。
髪
髪は黒々と美しく身長を超えて長いと美人とされる。艶がなく縮れているのは不美人とされた。
手
手が細くて白く、腕が長いことも美人の条件として重要だった。
体型
小柄で色白、ややぽっちゃり型の体形の女性が美人とされ、大柄な女性は好まれなかった。

第二章

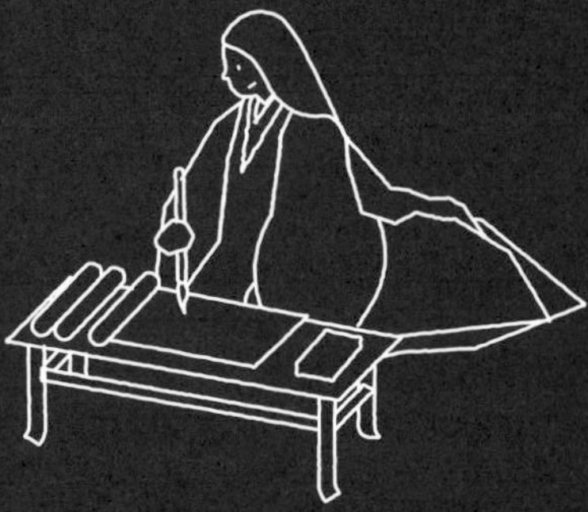

平安貴族の基礎知識

『源氏物語』の舞台となる当時の都や宮廷、
貴族たちの生活や仕事、文化などを知ることで、
作品世界がより身近なものとなり、
登場する人物の心情や行動も理解しやすくなります。

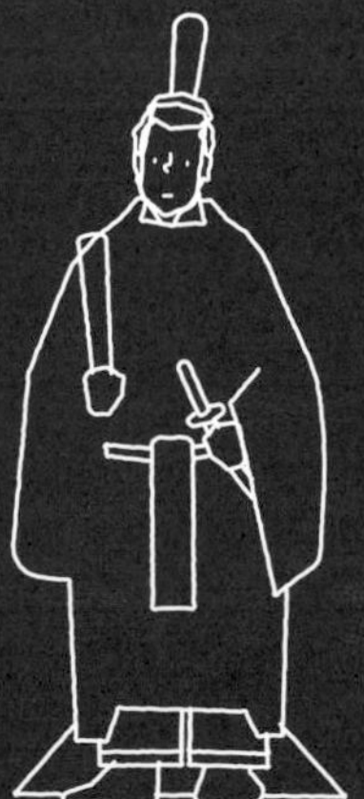

01 平安京と内裏はどんなところだった？

『源氏物語』の主な舞台となる平安京と内裏は、遷都以降、数百年にわたって政治と文化の中心地であり続けました。

『源氏物語』の舞台となる平安京は、桓武天皇の延暦13年（794）、山城国の北部（現・京都市）に設けられた都です。東西約4.5キロ、南北約5.3キロ、中央の朱雀大路で東西を左京と右京に、南北は一条から九条に分けられ、さらに多くの大路・小路が通されて、碁盤の目のように整然と区画されていました。ただし、都の造営は途上で中断され、右京は早い時期から荒廃していました。

平安京はどんな都だった？

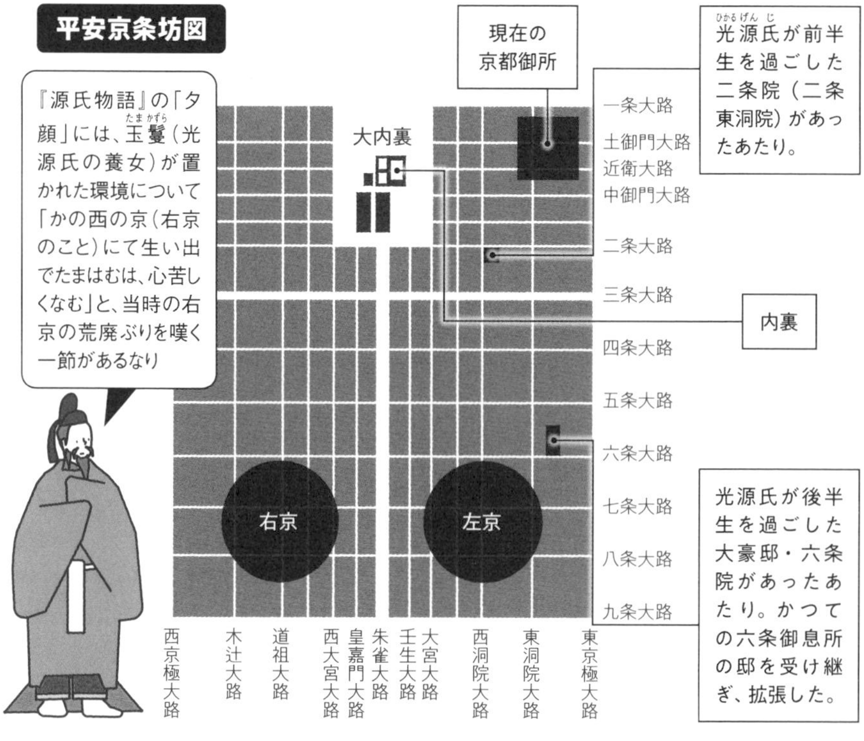
平安京条坊図
『源氏物語』の「夕顔」には、玉鬘（光源氏の養女）が置かれた環境について「かの西の京（右京のこと）にて生い出でたまはむは、心苦しくなむ」と、当時の右京の荒廃ぶりを嘆く一節があるなり
現在の京都御所
光源氏が前半生を過ごした二条院（二条東洞院）があったあたり。
大内裏
内裏
一条大路
土御門大路
近衛大路
中御門大路
二条大路
三条大路
四条大路
五条大路
六条大路
七条大路
八条大路
九条大路
右京
左京
光源氏が後半生を過ごした大豪邸・六条院があったあたり。かつての六条御息所の邸を受け継ぎ、拡張した。
西京極大路
木辻大路
道祖大路
西大宮大路
皇嘉門大路
朱雀大路
壬生大路
大宮大路
西洞院大路
東洞院大路
東京極大路

内裏とは、平安京の北部中央に設置された大内裏のほぼ中央部に建てられた、天皇が住む住居のこと。天皇の后妃たちは内裏北部に設けられた後宮（七殿五舎）で暮らしており、紫式部も中宮彰子の女房として後宮に出仕していました。なお、『源氏物語』に登場する桐壺、藤壺といった女性の名前は、それぞれが後宮内に賜った殿舎の名で、固有の人名ではありません。

内裏と後宮

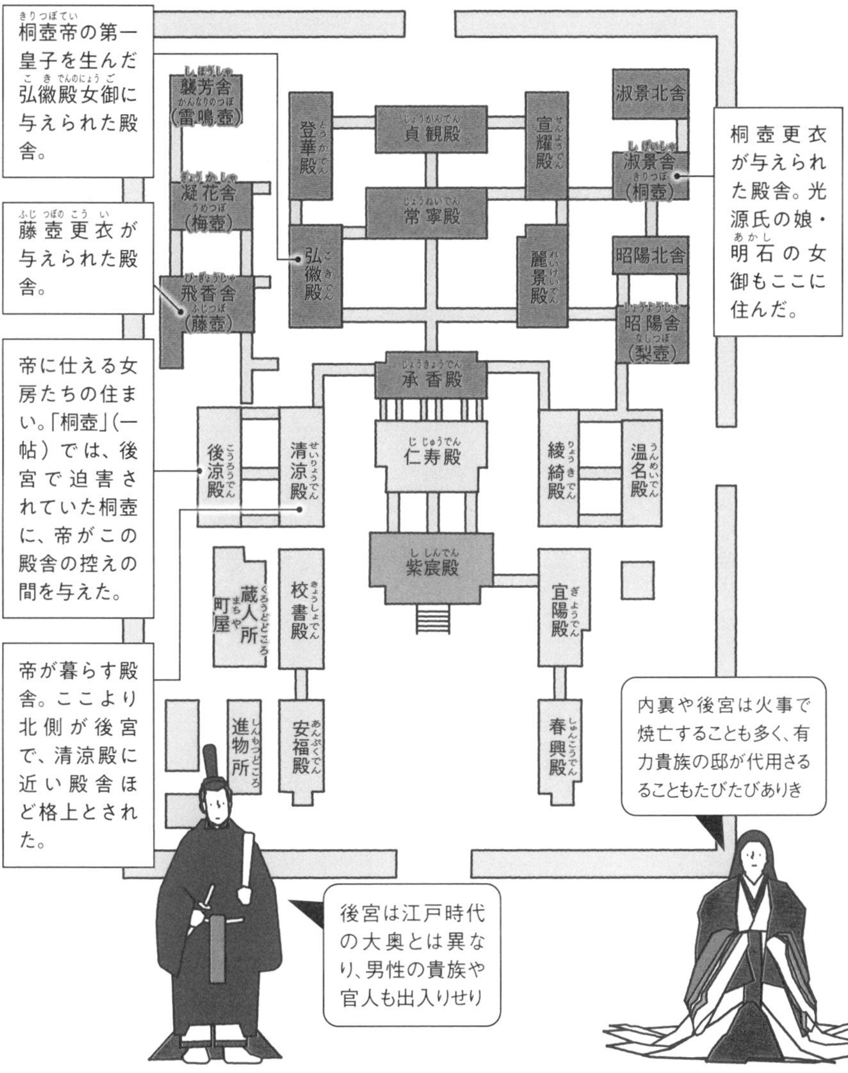

桐壺帝の第一皇子を生んだ弘徽殿女御に与えられた殿舎。
藤壺更衣が与えられた殿舎。
帝に仕える女房たちの住まい。「桐壺」（一帖）では、後宮で迫害されていた桐壺に、帝がこの殿舎の控えの間を与えた。
帝が暮らす殿舎。ここより北側が後宮で、清涼殿に近い殿舎ほど格上とされた。
桐壺更衣が与えられた殿舎。光源氏の娘・明石の女御もここに住んだ。
襲芳舎（雷鳴壺）
凝花舎（梅壺）
飛香舎（藤壺）
登華殿
貞観殿
宣耀殿
淑景北舎
淑景舎（桐壺）
常寧殿
弘徽殿
麗景殿
昭陽北舎
昭陽舎（梨壺）
承香殿
仁寿殿
後涼殿
清涼殿
綾綺殿
温明殿
紫宸殿
蔵人所町屋
校書殿
宜陽殿
進物所
安福殿
春興殿
内裏や後宮は火事で焼亡することも多く、有力貴族の邸が代用さるることもたびたびありき
後宮は江戸時代の大奥とは異なり、男性の貴族や官人も出入りせり

02 平安貴族の衣食住①
装束

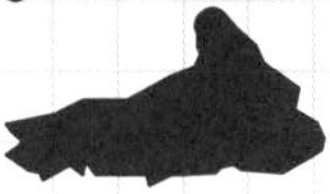

平安時代中期には、遣唐使が廃止され、中国の影響力がやや薄くなったこともあり、日本独自の装束が発展していった。

平安時代には、服装に大きな変化がありました。平安時代初期には、奈良時代と同じような唐風（とうふう）の装束でしたが、9世紀後半に遣唐使が廃止される前後から、唐風に日本独自の工夫や意匠を取り入れた装束が生み出されてゆきました。貴族の女性が朝廷で着用する晴装束（はれしょうぞく）（※1）には裳唐衣（もからぎぬ）（いわゆる十二単（じゅうにひとえ））などが、日常生活の場で着る褻装束（けしょうぞく）（※2）には小袿（こうちぎ）などがありました。

平安時代中期の主な装束

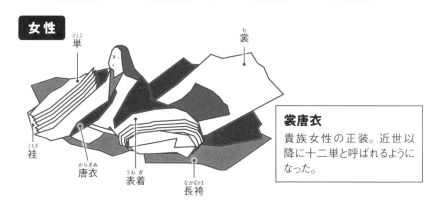

女性

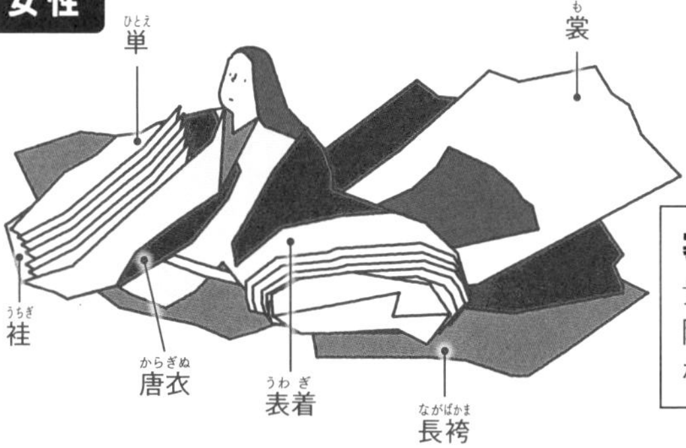
単（ひとえ）
裳（も）
袿（うちぎ）
唐衣（からぎぬ）
表着（うわぎ）
長袴（ながばかま）

裳唐衣

貴族女性の正装。近世以降に十二単と呼ばれるようになった。

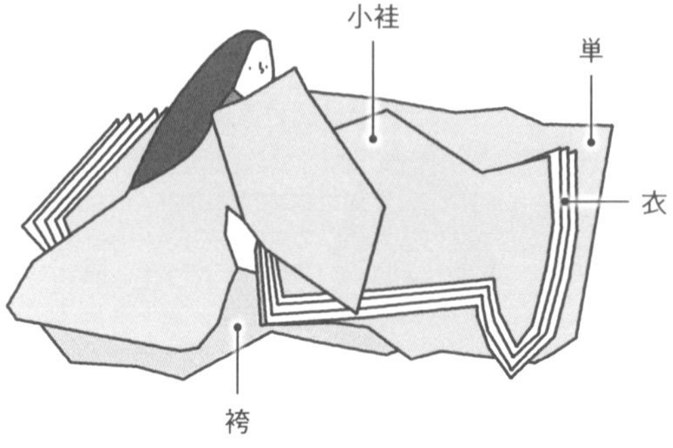
小袿
単
衣
袴

小袿

女房装束の略装。裳唐衣から唐衣と裳を省いて小袿（上着）を着た。

貴族の男性の晴装束は束帯で、褻装束には直衣や狩衣などがありました。ただし、束帯は着るのが大変なうえ窮屈だったため、平安時代中期には束帯を簡略化した衣冠も登場しました。また、当時は男性が頭頂部を露出するのは恥ずかしいこととされており、装束に合わせて必ず冠や烏帽子を着用しました。京都三大祭の一つである葵祭などでは、今も平安時代の装束を着た人々の行列を見ることができます。

※1 晴装束…儀式や行事のときなどに用いる衣服。礼服。
※2 褻装束…日常の衣服。ふだん着。

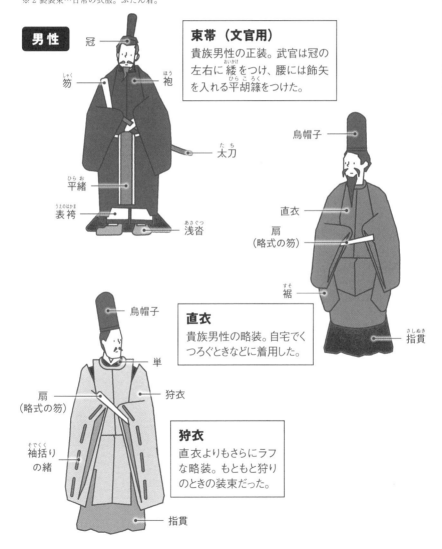

男性

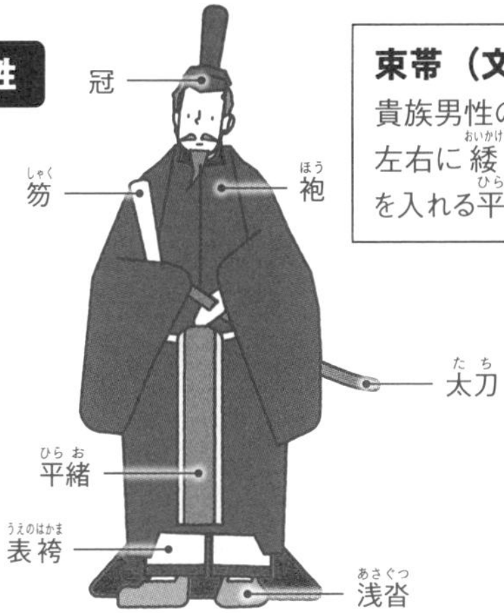
冠
笏
袍
太刀
平緒
表袴
浅沓

束帯（文官用）

貴族男性の正装。武官は冠の左右に緌をつけ、腰には飾矢を入れる平胡籙をつけた。

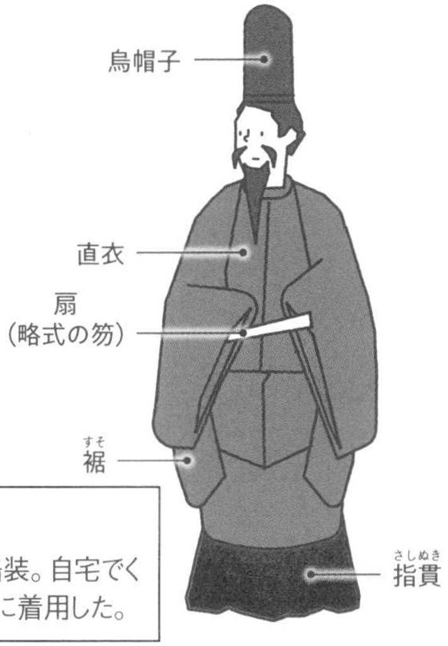
烏帽子
直衣
扇
（略式の笏）
裾
指貫

直衣

貴族男性の略装。自宅でくつろぐときなどに着用した。

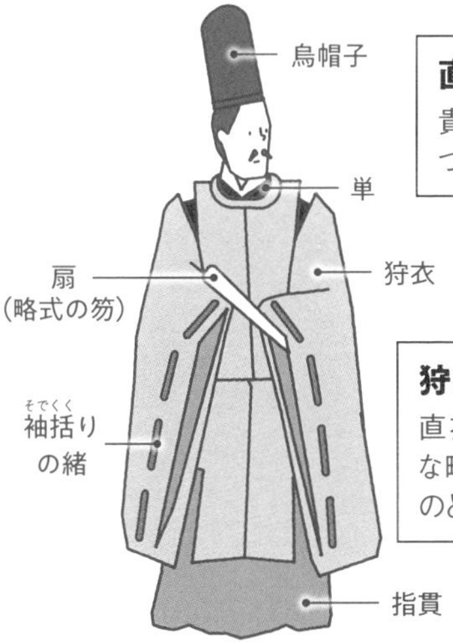
烏帽子
単
扇
（略式の笏）
狩衣
袖括りの緒
指貫

狩衣

直衣よりもさらにラフな略装。もともと狩りのときの装束だった。

03 平安貴族の衣食住② 食事

平安時代の貴族たちは海から遠い都で暮らしていたため、生のものはあまり食べられませんでした。

平安時代の食事は、基本は一日2食でした。朝は巳の刻（午前10時）前後、夕は申の刻（午後4時）前後との記録が残されていますが、当然、人によって違ったでしょう。起床は夜明け前と早かったため、出勤前にお粥などの軽食を食べることもありました。主食は強飯と呼ばれる蒸したご飯で、副食として野菜や山菜、魚介類や肉類（キジやカモなどの鳥肉が中心）も食べていました。

「常夏」での夕涼みの場面

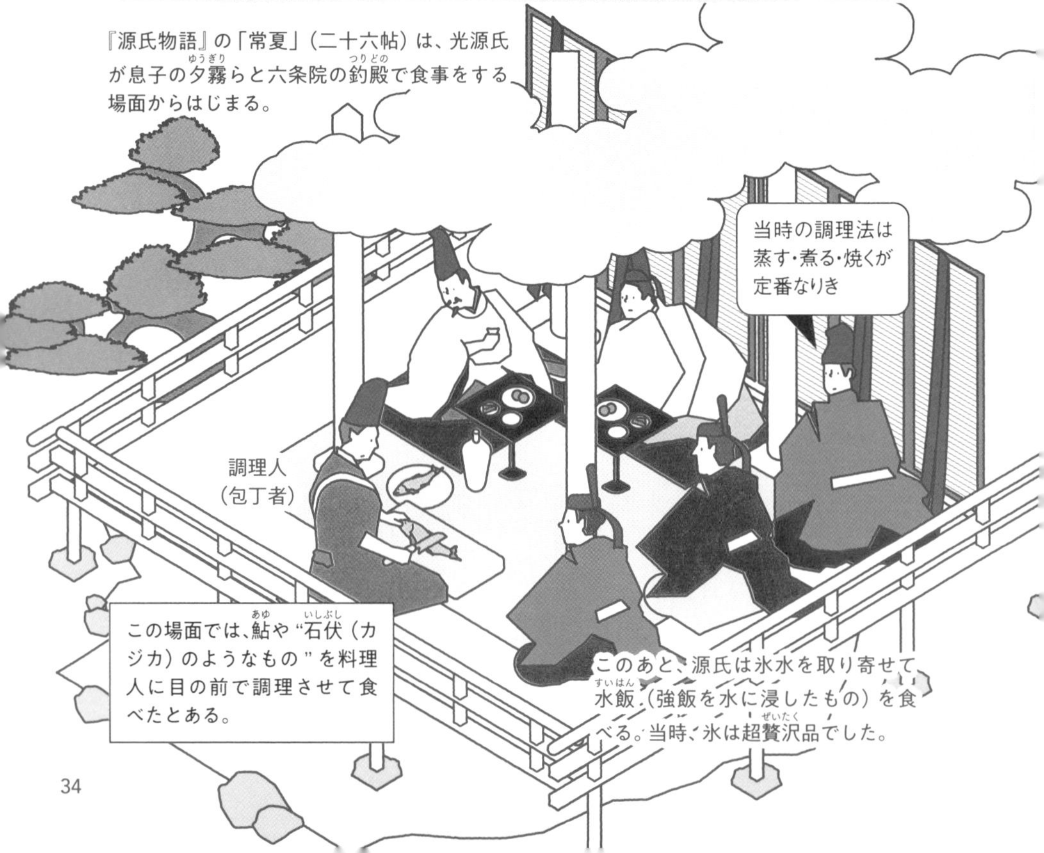
『源氏物語』の「常夏」（二十六帖）は、光源氏が息子の夕霧らと六条院の釣殿で食事をする場面からはじまる。
当時の調理法は蒸す・煮る・焼くが定番なりき
調理人（包丁者）
この場面では、鮎や“石伏（カジカ）のようなもの”を料理人に目の前で調理させて食べたとある。
このあと、源氏は氷水を取り寄せて水飯（強飯を水に浸したもの）を食べる。当時、氷は超贅沢品でした。

とはいえ、当時の貴族が新鮮なまま食べられたのは野菜や山菜、果物くらいで、その他の副食は干物が多く栄養が偏りがちだったため、早死にする貴族が多かったようです。また、年中行事などで宴会を開くときは、大盤と呼ばれる大きい食卓にたくさんの料理を盛った大饗料理が供されました。その際、食べきれなかった分は庭先に出し、下々に食べさせたといいます。

大饗料理とは？

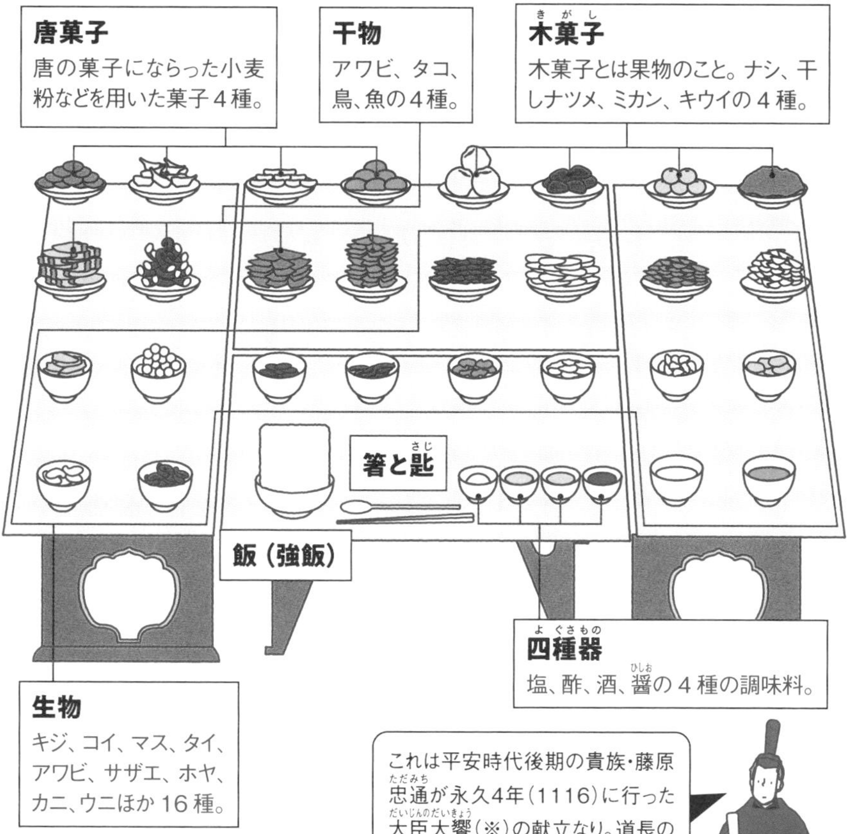
唐菓子
唐の菓子にならった小麦粉などを用いた菓子４種。
干物
アワビ、タコ、鳥、魚の４種。
木菓子
木菓子とは果物のこと。ナシ、干しナツメ、ミカン、キウイの４種。
箸と匙
飯（強飯）
四種器
塩、酢、酒、醤の４種の調味料。
生物
キジ、コイ、マス、タイ、アワビ、サザエ、ホヤ、カニ、ウニほか16種。

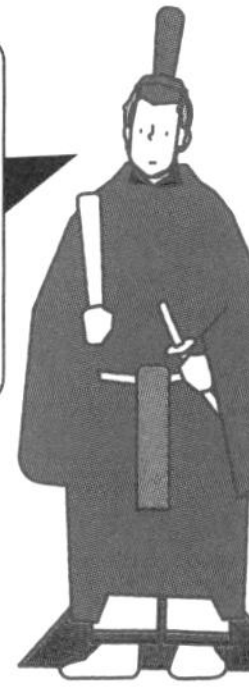
これは平安時代後期の貴族・藤原忠通が永久4年（1116）に行った大臣大饗（※）の献立なり。道長の時代より100年以上あとのものなれど、その豪華さがうかがい知れむ

※大臣大饗…平安時代に大臣家が太政官の官人を招いて開いた正月の饗宴。群臣が中宮と東宮に拝礼して饗宴と禄を賜る二宮大饗もあった。

04 平安貴族の衣食住③ 住居

平安貴族が暮らした住居は「寝殿造（しんでんづくり）」と呼ばれる建物ですが、当時のまま現存するものはありません。

平安時代の上流階級の貴族たちは「寝殿造」と呼ばれる建物に住んでいました。寝殿造は、唐の宮殿建築の技法に日本独自の技法を取り入れたもので、10世紀ころに完成したとされています。中央に南向きに寝殿があり、その東、西、北などに対屋（たいのや）を設け、渡殿（わたどの）で結ぶのが一般的だったようですが、当時の建物は残っておらず、正確にどのようなものであったかはわかっていません。

平安貴族の住居「寝殿造」

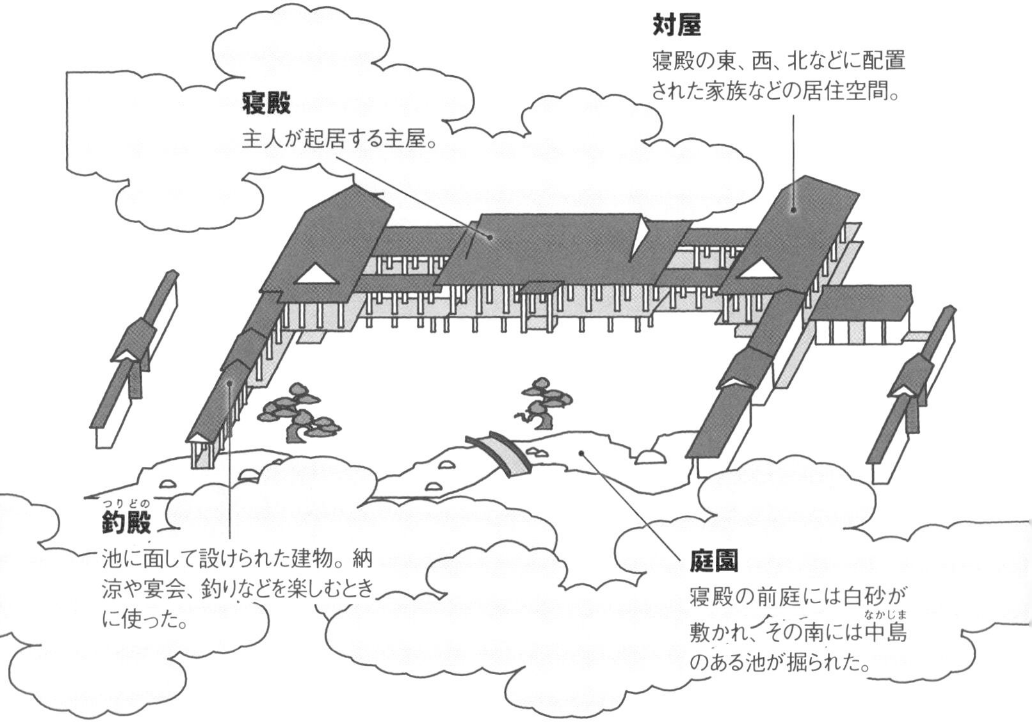
対屋
寝殿の東、西、北などに配置された家族などの居住空間。
寝殿
主人が起居する主屋。
釣殿（つりどの）
池に面して設けられた建物。納涼や宴会、釣りなどを楽しむときに使った。
庭園
寝殿の前庭には白砂が敷かれ、その南には中島（なかじま）のある池が掘られた。

主屋である寝殿内部は、塗籠と呼ばれる寝室のほかは柱だけで壁がなく、殿舎の中を御簾や壁代、几帳、屏風などで仕切って、部屋として使用しました。床はすべて板敷きで、その上に置畳や上莚、茵（座布団）などを敷いて座りました。また、屋内と屋外は、妻戸と呼ばれる両開きの扉で仕切ったり、壁の代わりに開閉可能な蔀をはめたりしていました。

寝殿造の主屋「寝殿」の内部

塗籠
母屋の端につくられた壁で囲まれた部屋。主に寝室として用いた。

二階厨子
二段になった棚の下に開き戸がある戸棚。

御帳台
四隅に柱を立てて帳（布）を垂らしたもの。主人の座所や寝所として用いた。

屏風
部屋の仕切りや装飾に用いた調度品。

妻戸
両開きの板の扉。

茵
座るときに用いる敷物。

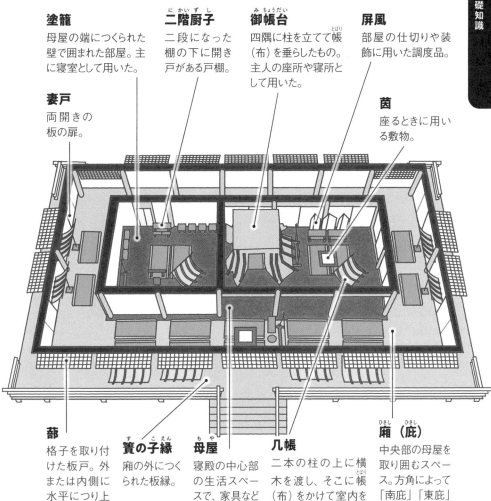

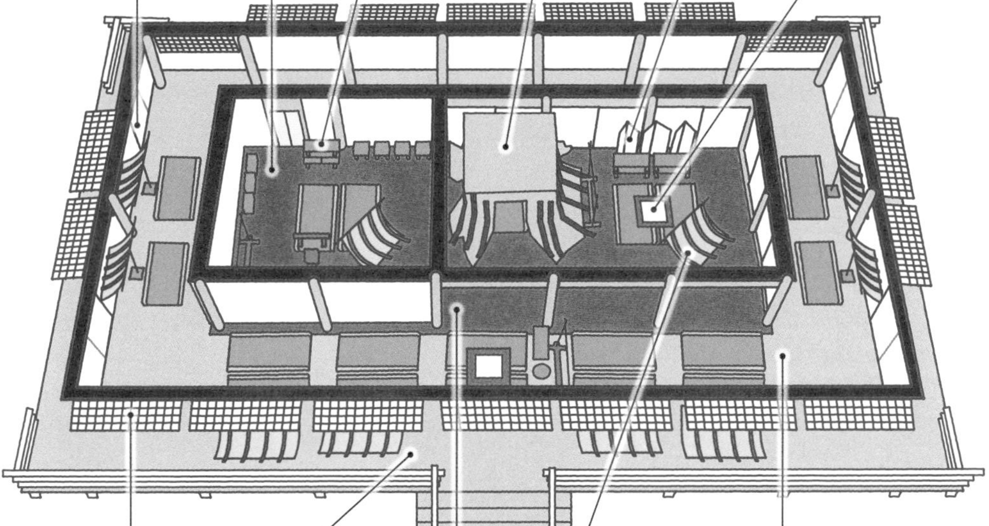

蔀
格子を取り付けた板戸。外または内側に水平につり上げて明ける。

簀の子縁
廂の外につくられた板縁。

母屋
寝殿の中心部の生活スペースで、家具なども置いた。

几帳
二本の柱の上に横木を渡し、そこに帳（布）をかけて室内を仕切った。

廂（庇）
中央部の母屋を取り囲むスペース。方角によって「南庇」「東庇」などと呼んだ。

05 宮中における年中行事

宮中で行われていた各季節を彩る年中行事は、平安時代に徐々に整えられていき完成しました。

平安時代、宮中で執り行われてきた儀式や行事が「年中行事」として整備されていき、嵯峨天皇と藤原冬嗣（16ページ参照）が完成させた『内裏式』によって、完全な宮廷行事が成立しました。年中行事は手順や作法などが細かく定められており、各行事の責任者となった貴族にとって、それらを作法どおりに執り行うことは極めて重要な仕事でした。

宮中で行われた主な年中行事

1月	2月	3月	4月	5月	6月
踏歌節会	春日祭	石清水臨時祭	賀茂祭	賀茂競馬	大祓
白馬節会	列見	曲水の宴	灌仏会	端午節会	月次祭
元日節会	祈年祭	上巳の祓	更衣		氷室節句

「初音」（二十三帖）には、六条院（109ページ参照）で男踏歌が催される場面が描かれている。

「須磨」（十二帖）では、光源氏が陰陽師を招き海辺で上巳の祓をしていると突然嵐に襲われる。

年中行事は宴（うたげ）とともに雅（みやび）に行われましたが、各行事を取り仕切る貴族にとっては自分の実力や教養が問われる正念場でもありました。当時の貴族が熱心に日記を書いたのも、それら行事の詳細を記録するためだったといわれています。紫式部が生きた藤原氏全盛時代にも年中行事が盛んに行われており、『源氏物語』にも、それぞれの季節を象徴するものとして数多く描かれました。

たなばたの
逢ふ瀬は
雲のよそに見て
別れのにはに
露ぞおきそふ

「幻」（四十一帖）には、紫の上を失った源氏が七夕（乞巧奠）を一人空しく過ごす様子が描かれている。

「少女」（二十一帖）には、光源氏の息子・夕霧が、新嘗祭で舞を披露した五節（ごせち）の舞姫に心惹（ひ）かれる場面がある。

7月	8月	9月	10月	11月	12月
相撲節会（すまいのせちえ） 盂蘭盆会（うらぼんえ） 乞巧奠（きこうでん）	司召除目（つかさめしのじもく） 月見の宴（つきみのえん） 定考（こうじょう）	重陽の宴（ちょうようのえん）	亥子餅（いのこもち） 残菊の宴（ざんぎくのえん） 更衣（ころもがえ）	豊明節会（とよのあかりのせちえ） 五節（ごせち） 新嘗祭（にいなめのまつり）	追儺（ついな） 大祓（おおはらえ） 御仏名（おぶつみょう）

「須磨」（十二帖）において、光源氏は須磨の地で十五夜の月を見ながら、華やかな内裏の月見の宴に思いを馳せる。

光源氏が最後に登場する「幻」（四十一帖）は、御仏名と追儺のシーンで終わる。

見るほどぞ
しばし慰むめぐりあはむ
月の都は遥かなれども

御仏名も、
今年ばかりにこそは

06 平安貴族の身分制度

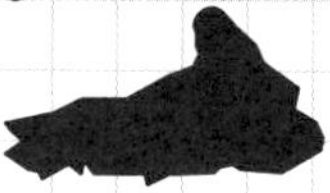

平安時代の官人は位階で身分が定められ、その位階に見合った官職があてがわれていました。

平安貴族の身分（階級）を表す位階（いかい）は正一位（しょういちい）から少初位（しょうしょい）まで30階級あり、一位から三位までが「公卿（くぎょう）」と呼ばれる上級貴族（貴（き））、以下、四位（しい）、五位（ごい）は中流貴族（通貴（つうき））、六位以下は下級官人とされていました。律令では位階に相当する官職（地位と職務）が定められており、官僚たちは実績を重ねることで位階を上げ、それに見合った官職に就任しました。これを官位相当制といいます。

律令における位階と官職（官位相当制）

		位階＼官名		二官：神祇官	二官：太政官	八省：中務省	八省：その他７省	衛府
貴族（上級官人）	貴（公卿）	正一位			太政大臣			
		従一位						
		正二位			左大臣 右大臣 内大臣			
		従二位						
		正三位			大納言			
		従三位			中納言			大将
	通貴	正四位	上			卿		
			下		参議		卿	
		従四位	上		左右大弁			
			下	伯				中将
		正五位	上		左右中弁	大輔		衛門督
			下		左右小弁		大輔 大判事	少将
		従五位	上			少輔		兵衛督
			下	大副	少納言	侍従	少輔	衛門佐
下級官人		正六位	上	少福	左弁大史			
			下		左右弁大史	大丞	大丞 中判事	兵衛佐
		従六位	上	大祐		少丞	少丞	将監
			下	少祐			少判事	衛門大尉

光源氏が准太上天皇になりぬるは、まさに位（くらい）人臣（じんしん）を極めたり

※以下、正七位（上下）、従七位（上下）、正八位（上下）、従八位（上下）、大初位（上下）、少初位（上下）と続きますが、平安時代中期以降は、七位以下は実際には授けられませんでした。

律令国家における行政組織は、二つの官と八つの省を中心的な官司（役所）とする二官八省制で成り立っており、『源氏物語』に登場する貴族の男性たちも、基本的には二官八省（または衛府）のいずれかに属しています。なお、従五位上以上の上級官人の子（三位以上は孫まで）は、21 歳になると身分に応じて一定の位階につくことができる特権（蔭位の制）が与えられていました。

『源氏物語』に登場する貴族男性の官職

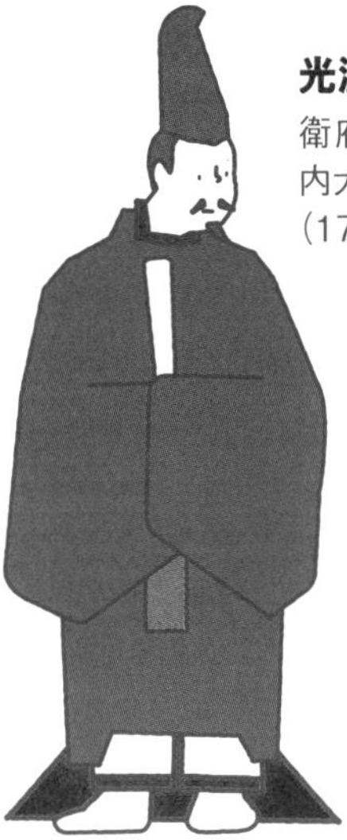

光源氏

衛府の近衛中将、大将、太政官の大納言、内大臣、太政大臣を経て、最後は准太上天皇（17 ページ参照）にまで昇り詰める。

頭中将

頭中将とは、位階が四位以上で、蔵人頭（蔵人所の実質的な責任者）と近衛中将（近衛府の次官）を兼任した者に対する通称で、作中では、頭中将、権中納言、右大将、内大臣と出世するごとに呼称も変わり、最後は太政大臣になる。

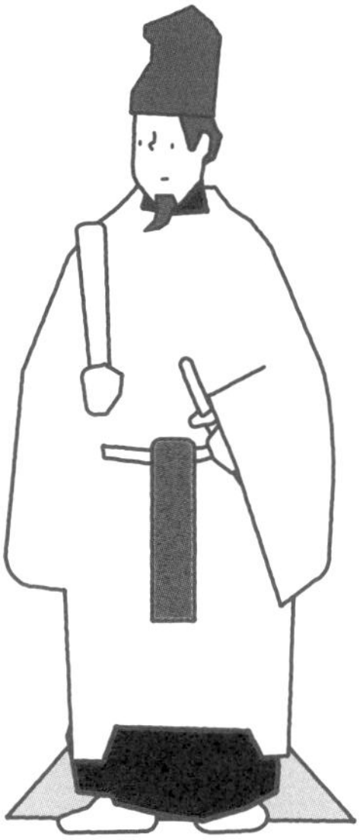

夕霧

父・光源氏の「自力で出世してほしい」という意向で、下級官人の六位からスタート。その後、従五位となり、中将（従四位）、中納言（従三位）、左大臣（従二位）と出世していく。

07 平安貴族の仕事と暮らし

平安時代の貴族や官人は、身分や官職によって仕事に費やす時間や一日の過ごし方が異なりました。

先に述べたとおり平安時代の行政組織は二官八省制でしたが、その他に弾正台（警察機関）と六つの衛府、地方官司にあたる国司、大宰府、京職などがあり、官職や官位のほか、文官か武官かによっても仕事内容は異なりました。ちなみに、『源氏物語』の作中では、光源氏や頭中将は衛府（近衛府など）の武官としてキャリアをスタートし、その後、太政官制下の文官として出世していきます。

ある平安貴族の一日

❶起床とともに自分の星の名（自分が生まれた年の北斗七星の星の名前）を7回唱える

❷暦を見てその日一日の吉凶を占う（凶と出れば物忌（※）としてその日は仕事を休む）

※物忌…飲食や行動を慎んで不浄を避けること。

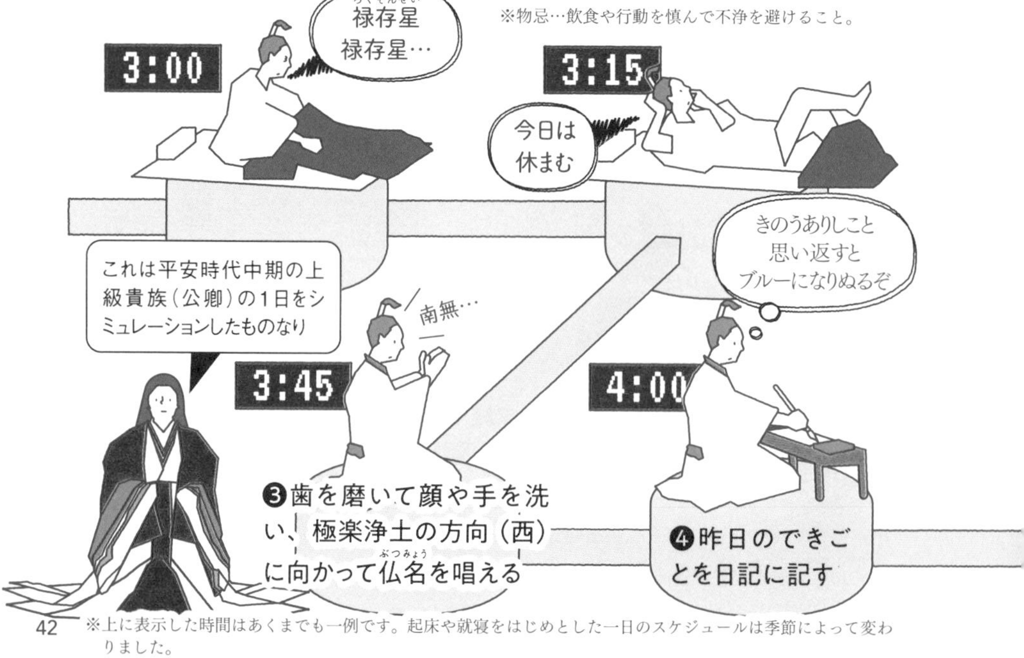
3:00
禄存星
禄存星…
3:15
今日は
休まむ
これは平安時代中期の上級貴族（公卿）の1日をシミュレーションしたものなり
3:45
南無…
4:00
きのうありしこと
思い返すと
ブルーになりぬるぞ

❸歯を磨いて顔や手を洗い、極楽浄土の方向（西）に向かって仏名を唱える

❹昨日のできごとを日記に記す

※上に表示した時間はあくまでも一例です。起床や就寝をはじめとした一日のスケジュールは季節によって変わりました。

平安時代中期には戦争がほぼなく、武官の主な仕事は警備の指揮や儀式への参列などでした。一方、文官は各種協議や漢文での文書作成、決裁などを行うため、一定の学識や教養が求められました。一般的に、身分の高い貴族ほど勤務時間が短く、一日３時間半から４時間半ほどでした。一方、中・下級貴族の勤務時間の長さは、現代の会社員とさほど変わらなかったようですが、かなりの朝方です。

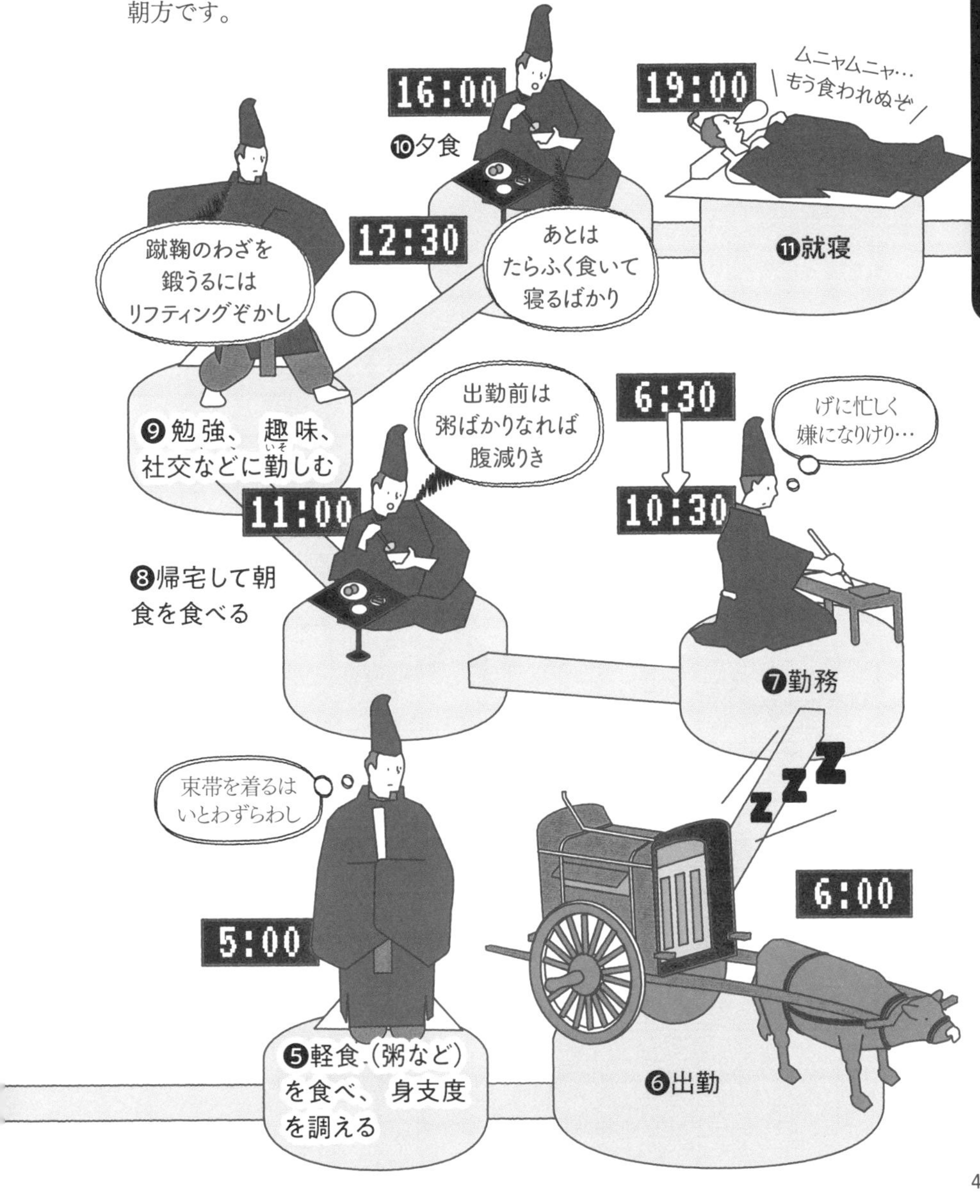

5:00
❺軽食（粥など）を食べ、身支度を調える
束帯を着るはいとわずらわし
6:00
❻出勤
6:30
10:30
❼勤務
げに忙しく嫌になりけり…
11:00
❽帰宅して朝食を食べる
出勤前は粥ばかりなれば腹減りき
❾勉強、趣味、社交などに勤しむ
12:30
蹴鞠のわざを鍛うるにはリフティングぞかし
16:00
❿夕食
あとはたらふく食いて寝るばかり
19:00
⓫就寝
ムニャムニャ…もう食われぬぞ

KEY WORD → ☑ 二后並立

08 後宮の女性たちの身分制度

当時の天皇や貴族は一夫多妻制が基本でした。また、天皇の后妃や女官たちには階級がありました。

後宮で暮らす天皇の后妃にも位があった。もっとも位が高いのが正妻（皇后、中宮）で、その下に女御、更衣がいましたが、『源氏物語』が書かれたころには、すでに「更衣」という位は廃止されていました。一条天皇の時代、藤原道長は自分の娘を后にしたいと考え、兄・道隆の娘である中宮定子を皇后としたうえで自分の娘・彰子を中宮に立てたため、二后が並び立つことになりました。

天皇の后妃たちの序列

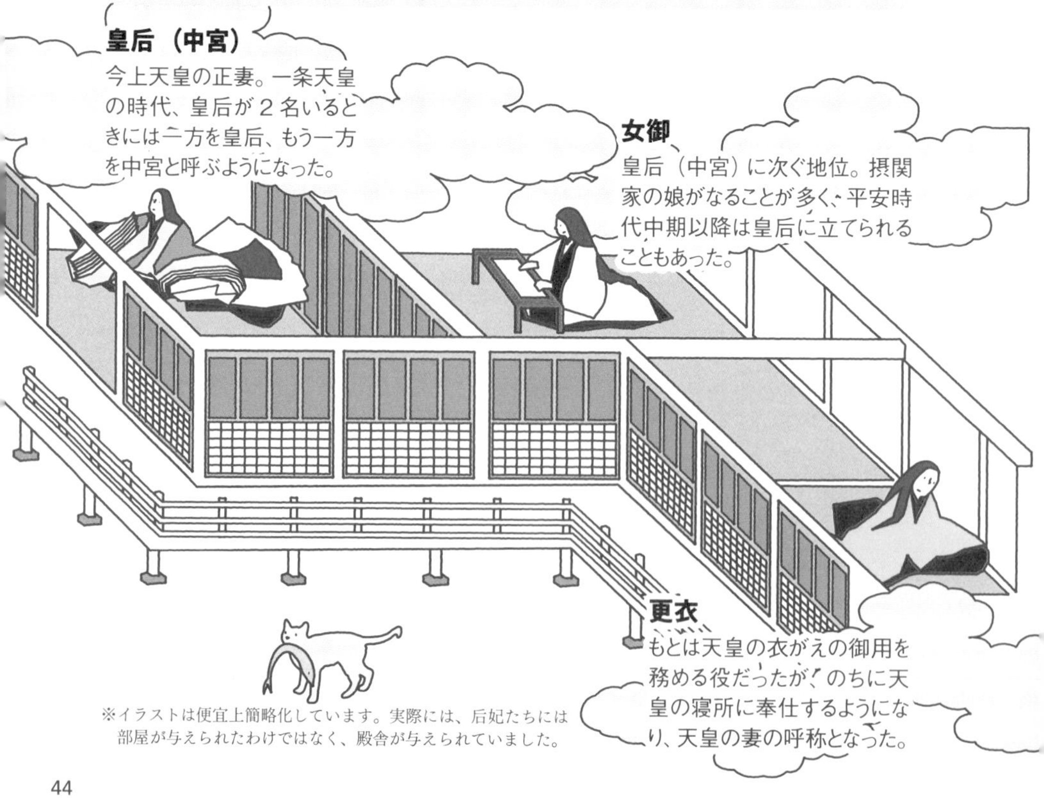

皇后（中宮）
今上天皇の正妻。一条天皇の時代、皇后が２名いるときには一方を皇后、もう一方を中宮と呼ぶようになった。
女御
皇后（中宮）に次ぐ地位。摂関家の娘がなることが多く、平安時代中期以降は皇后に立てられることもあった。
更衣
もとは天皇の衣がえの御用を務める役だったが、のちに天皇の寝所に奉仕するようになり、天皇の妻の呼称となった。

※イラストは便宜上簡略化しています。実際には、后妃たちには部屋が与えられたわけではなく、殿舎が与えられていました。

一般に、退位した先代の天皇（太上天皇〈上皇〉）の皇后は皇太后、さらに先々代の天皇の皇后は太皇太后と呼ばれ、皇后と合わせた三后は、天皇や太上天皇に次ぐ地位（后位）とされました。後宮の女官たちにも位があり、代表的なものに尚侍、典侍、掌侍などがあります。しかし、尚侍は次第に役職とは離れていき、女御に準ずる后妃的な存在になっていきました。

後宮の女官たちの序列

尚侍
後宮内の中心的な司（役所）だった内侍司の長官。のちに女御、更衣に準じる后妃的な存在になった。『源氏物語』では、朧月夜、玉鬘が尚侍となっている。
典侍
内侍司の次官。もとは尚侍が長官だったが、尚侍の后妃化にともない実質的に長官の役割を担うようになった。
掌侍
内侍司の判官（三等官）で、その長を勾当内侍という。命婦や女孺らを指揮して内裏内の儀礼や事務処理を行った。
命婦
尚侍、典侍、掌侍に次ぐ、五位以上の位階を有する中級の女官。
女孺
内侍司に属し、掃除や照明をともすなどの雑事に従事した下級女官。
紫式部や清少納言は、こうした女官ではなく、后に仕える女房なりけり

09 後宮の女性たちの仕事と暮らし

女房たちは出身階級ごとに上臈・中臈・下臈という身分に分けられ、それぞれの仕事内容も異なりました。

後宮に住み込みで働く女性のうち、上級の者にはそれぞれ「房」と呼ばれる部屋が与えられました。そのため、仕える女性たちは「女房」と呼ばれるようになりました。後宮には「後宮十二司」と呼ばれる12の司（役所）があり、なかでも内侍司で働く女官たちは、天皇と官人の連絡役となり、後宮の礼式を司るなど、とりわけ重要な役割を担っていました。

女房・女官の階層と役割

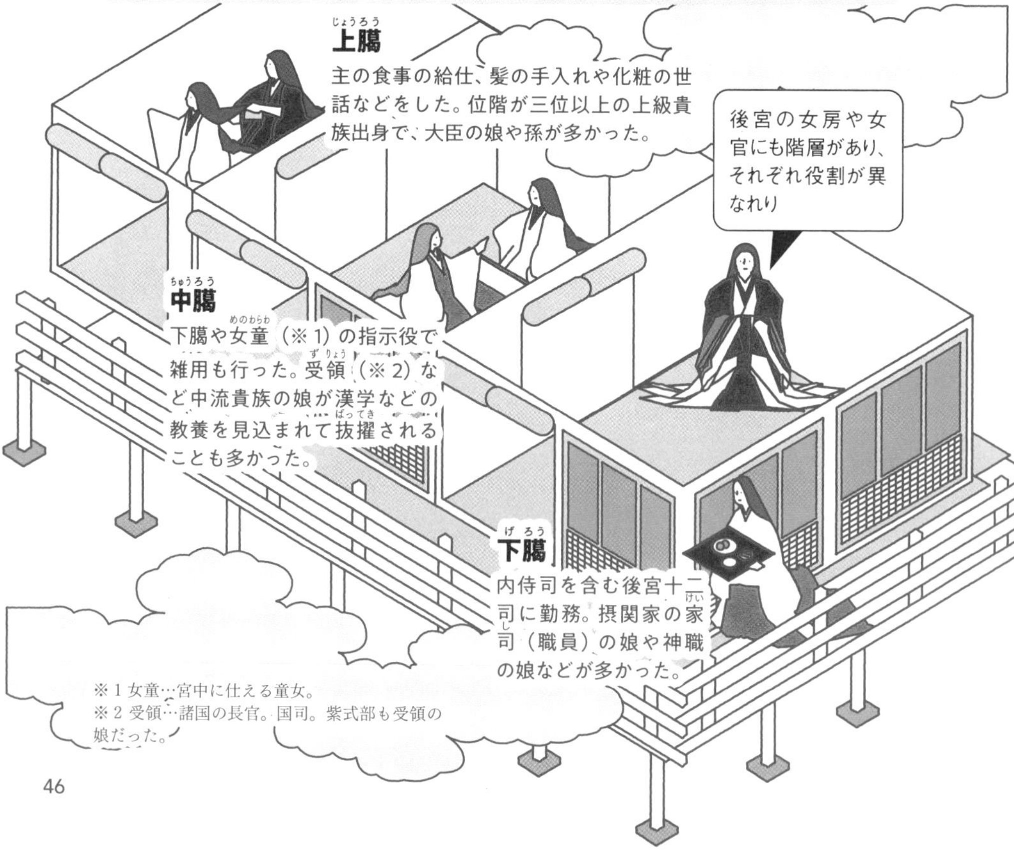
上臈
主の食事の給仕、髪の手入れや化粧の世話などをした。位階が三位以上の上級貴族出身で、大臣の娘や孫が多かった。
後宮の女房や女官にも階層があり、それぞれ役割が異なれり
中臈
下臈や女童（※1）の指示役で雑用も行った。受領（※2）など中流貴族の娘が漢学などの教養を見込まれて抜擢されることも多かった。
下臈
内侍司を含む後宮十二司に勤務。摂関家の家司（職員）の娘や神職の娘などが多かった。

※1 女童…宮中に仕える童女。
※2 受領…諸国の長官。国司。紫式部も受領の娘だった。

内侍司の女性たちのうち、天皇に仕える者を上の女房、后妃に仕えるものを宮の女房といいました。女房たちは、後宮内での接待や取次、主への御進講（学問の講義）などの仕事のほか、主の話相手になり、身の回りの世話もしました。ただし、后妃や天皇に仕える女房たちが「官人」であったかどうかは定かではなく、后妃が私的に主従関係を結んでいたとする説も有力です。

女流文化人が競い合った三つのサロン

一条天皇の時代には、後宮の中宮定子と中宮彰子、斎院の斎王選子を中心とする三つの女性サロンがあり、互いに教養やセンスを競い合へるといふ
紫式部
中宮彰子（988～1074）
父は藤原道長。後一条・後朱雀両天皇の母。紫式部のほか、歌人の和泉式部や赤染衛門、伊勢大輔などそうそうたる女流文化人たちが女房として仕えていた。
紫式部は、中将の君の手紙を見た印象として「憎らしく思う」と日記に書き残した
中将の君
紫式部は日記の中で清少納言を「漢字もちゃんと書けない中身のない女」と批判
清少納言
選子内親王（964～1035）
村上天皇の第十皇女。12歳のときから57年間にわたり賀茂神社の斎院を務めた。自身と女房たちの和歌のやりとりを編纂した『大斎院前の御集』で知られる。
ちなみに、斎王選子に仕えた中将の君（斎院中将）は、紫式部の兄弟の恋人だったといわれたるなり
中宮定子（977～1001）
藤原道長の兄・道隆の娘。第二皇女を出産した翌日に若くして亡くなった。居所とした登華殿では、『枕草子』で知られる清少納言が女房として仕えていた。

COLUMN 2

平安貴族が愛したペットたち

ペットを飼いはじめたのは平安時代から

日本では平安時代以前にも、食用や耕作、運搬、狩猟などの目的で、牛や馬、犬、鷹などさまざまな動物が飼われていましたが、愛玩用として動物が飼われ始めたのは平安時代のことといわれています。当時、唐の商人から猫や孔雀、鸚鵡などの珍しい動物が献上され、それを皇族や貴族たちが自分の邸で飼ったのが、日本におけるペットの起源と考えられています。

猫

平安時代の宇多天皇や花山天皇は、唐から輸入した“唐猫”を飼っていたとの記録があります。また、一条天皇は飼猫が出産した際に、人の子が生まれたときに行う「産養い」という誕生祝いをしたうえ、「命婦の御許」という名前をつけて貴族扱いし、内裏に自由に出入りできるようにしました。

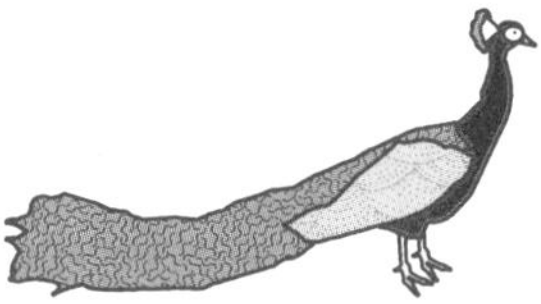

孔雀

『日本書紀』には推古天皇の治世に孔雀が百済から献上されたとの記録があります。孔雀はその後もしばしば朝鮮半島から渡来しましたが、平安時代の日本ではまだまだ希少な鳥でした。そんな時代に、藤原道長は孔雀を庭で放し飼いにし、その美しさを愛でていたといいます。

犬

『枕草子』に、宮廷で可愛がられていた翁丸という犬の逸話があります。翁丸は中宮定子のお気に入りでしたが、前出の「命婦の御許」を驚かせてしまい一条天皇の怒りを買うことに。翁丸は折檻されたうえ一度は宮廷から追放されますが、その後、許されて再び宮廷で暮らしました。

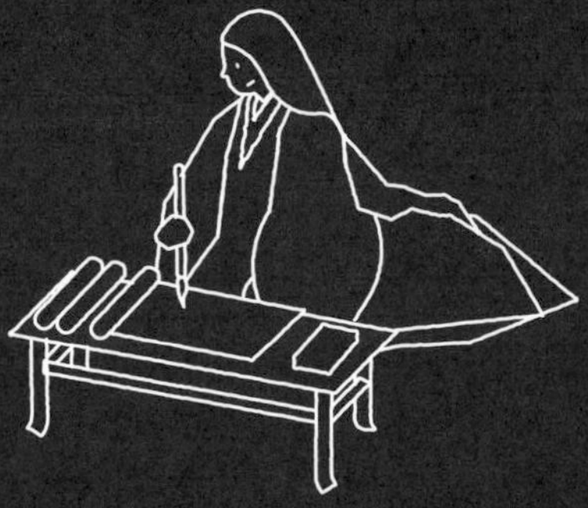

第三章

紫式部をめぐる人々

『源氏物語』の作者とされる紫式部とは、
そして彼女の創作活動を支えた藤原道長とは、
いったいどのような人物だったのでしょうか?
本章では、紫式部をめぐる人々について解説します。

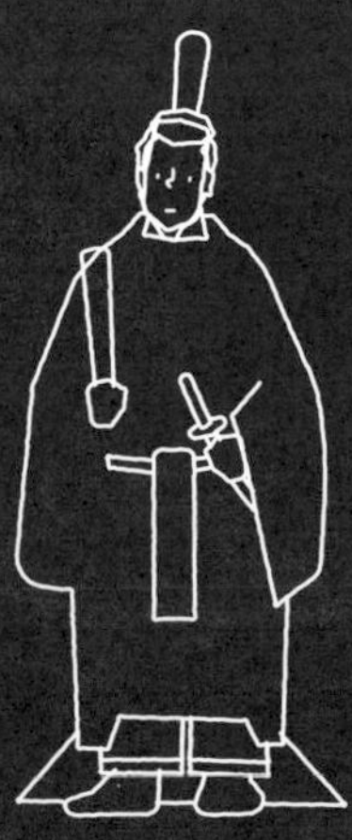

01 紫式部の人生ストーリー解説① 出生～少女時代

約1000年前を生きた紫式部はどんな人生を歩んだのか？ その出生からひもといていきましょう。

『源氏物語』の作者・紫式部が生まれたのは970年代と考えられています。正確な生没年は不明（12ページ参照）で、本名もわかっていません（藤原香子との説あり）。紫式部の父・藤原為時は地方官を務める中流貴族で、代々文人の家系でした。ちなみに、紫式部の父方の曽祖父・藤原兼輔は「堤中納言」の名で知られ、三十六歌仙の一人にも数えられる著名な歌人です。

紫式部の父方の家系

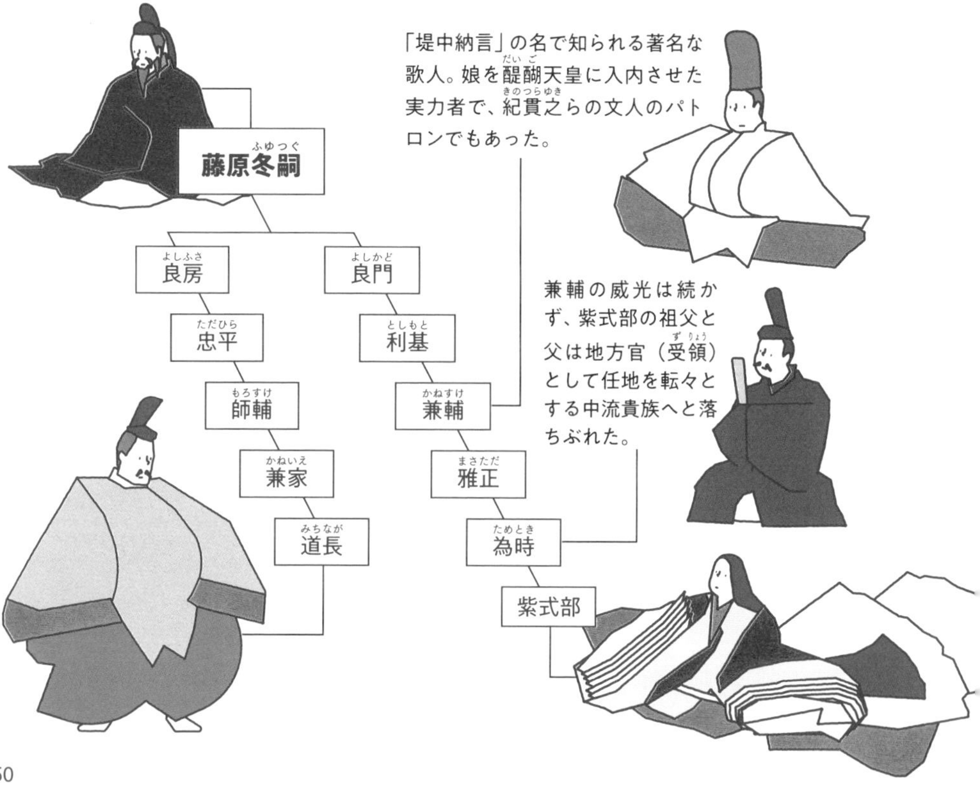
藤原冬嗣
良房
良門
忠平
利基
師輔
兼輔
兼家
雅正
道長
為時
紫式部
「堤中納言」の名で知られる著名な歌人。娘を醍醐天皇に入内させた実力者で、紀貫之らの文人のパトロンでもあった。
兼輔の威光は続かず、紫式部の祖父と父は地方官（受領）として任地を転々とする中流貴族へと落ちぶれた。

紫式部には姉と弟（惟規。兄との説も）のほか異母兄弟もいましたが、母は弟を産んだのちしばらくして亡くなり、紫式部ら姉弟は父方の祖母に育てられたようです。紫式部は、漢文学の学者としても著名だった父の影響を強く受けていたようで、『紫式部日記』には、父が弟の惟規に勉強を教えていたとき、隣で聞いていた紫式部のほうが先に理解してしまったため、父から「おまえが男だったらよかったのに（※）」と嘆かれたというエピソードが記されています。

※男だったらよかったのに…当時、女性が漢文を学ぶことは好まれなかった。

紫式部ゆかりの地域

大津市
紫式部は、石山寺で『源氏物語』を起筆したとの伝承があり、同寺には紫式部が物語の着想を得たとされる「源氏の間」がある。
越前市
為時は長徳２年（996）に越前守に叙任され越前国に下向。これに紫式部も同行し１年余りを過ごした。
福井県
京都府
明石市
為時は安和元年（968）に播磨権少掾に任ぜられているため、紫式部は播磨国（兵庫県）で生まれた可能性もあり、『源氏物語』の「須磨」「明石」などは幼いころの記憶を頼りに執筆したという説もある。
滋賀県
兵庫県
京都市
大徳寺塔頭の真珠庵（北区紫野）には紫式部の産湯に使われたといわれる井戸がある。また、廬山寺（上京区北之辺町）は紫式部の曽祖父・兼輔の邸宅跡と伝わり、紫式部も同地で人生の大半を過ごしたと考えられている。

02 紫式部の人生ストーリー解説②
結婚～夫との死別

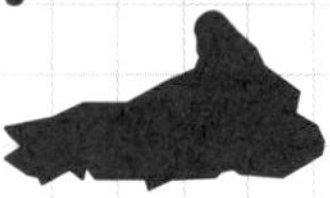

紫式部は一時期、父とともに京を離れて越前国で暮らしたのち結婚する。しかし、結婚生活は短いものでした。

寛和（かんな）2年(986)の花山（かざん）天皇の譲位以降、為時は10年ほど官職を失っていました。そして長徳2年（996）、為時はようやく越前守に任ぜられ、紫式部は父とともに越前国（福井県）に下向しました。しかし1年余りで紫式部のみ帰京し、藤原宣孝（のぶたか）と結婚しました。このとき、宣孝にはすでに複数の妻がおり紫式部は正妻にはなれなかったようですが、長保（ちょうほう）元年（999）に娘・賢子（けんし）を授かりました。

紫式部の夫・藤原宣孝

藤原宣孝　Profile

生年：不明／死没：長保３年（1001）
位階：正五位下／官職：筑前守、山城守などを歴任
妻：藤原顕猷の娘、平季明の娘、藤原朝成の娘、紫式部
子：隆光、頼宣、隆佐、明懐、儀明、大弐三位（紫式部の娘・賢子）、藤原道雅室
特技：舞

Episode　清少納言が見た藤原宣孝

派手好きな宣孝はちょっとした有名人だったようで、清少納言の『枕草子』にも宣孝のエピソードが記されています。それによると、当時、金峯山寺詣（きんぶせんじもうで）（御嶽詣（みたけもうで））には質素な服装でお参りするのが常識でしたが、宣孝は「地味な格好をしていては権現さまも気づいてくれない」と紫や白の派手な装束を着込み、さらに息子にも青や紅の装束を着せてお参りして周囲を驚かせました。それからほどなくして宣孝は筑前守に栄転し、皆を感心させたそうです。

※1 金峯山…吉野の金峯山寺。平安時代に霊場として信仰を集め、天皇や貴族などがこぞって参詣した。

夫の宣孝は豪放磊落な人物だったようで、金峯山（※1）にド派手な装束で参詣して周囲を驚かせたり、恋文を他人に見せびらかして紫式部の怒りを買ったり、四十を超える年齢（当時としては初老）で賀茂祭の舞人を務めたりしました。しかし、結婚からわずか3年ほど経った長保3年（1001）、疫病によりあっけなく病死。紫式部は未亡人になりました。

紫式部と宣孝の結婚と死別

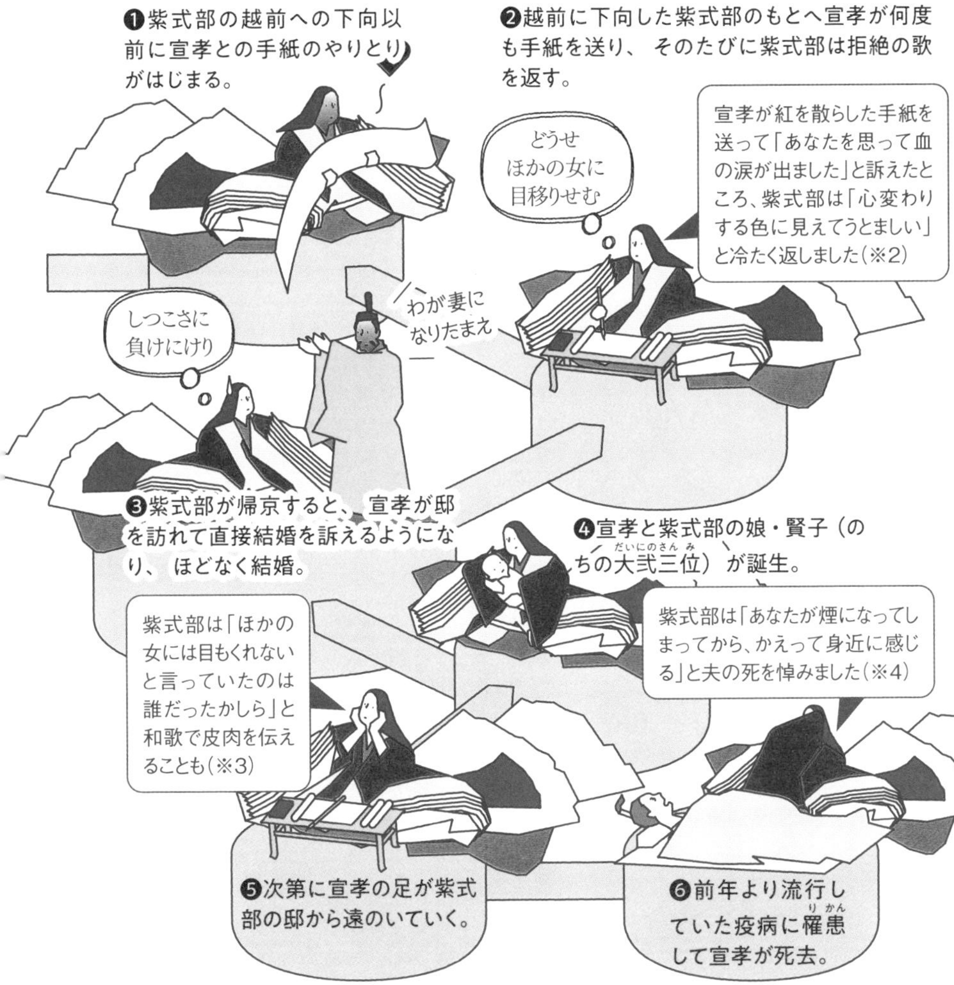

❶紫式部の越前への下向以前に宣孝との手紙のやりとりがはじまる。
❷越前に下向した紫式部のもとへ宣孝が何度も手紙を送り、そのたびに紫式部は拒絶の歌を返す。
どうせほかの女に目移りせむ
宣孝が紅を散らした手紙を送って「あなたを思って血の涙が出ました」と訴えたところ、紫式部は「心変わりする色に見えてうとましい」と冷たく返しました（※2）
しつこさに負けにけり
わが妻になりたまえ
❸紫式部が帰京すると、宣孝が邸を訪れて直接結婚を訴えるようになり、ほどなく結婚。
❹宣孝と紫式部の娘・賢子（のちの大弐三位）が誕生。
紫式部は「ほかの女には目もくれないと言っていたのは誰だったかしら」と和歌で皮肉を伝えることも（※3）
紫式部は「あなたが煙になってしまってから、かえって身近に感じる」と夫の死を悼みました（※4）
❺次第に宣孝の足が紫式部の邸から遠のいていく。
❻前年より流行していた疫病に罹患して宣孝が死去。

※2「紅の 涙ぞいとど 疎まるる 移る心の 色に見ゆれば」
※3「横目をも ゆめと言ひしは 誰れなれや 秋の月にも いかでかは見し」
※4「見し人の 煙となりし 夕べより 名ぞ睦ましき 塩釜の浦」
（いずれも『紫式部集』（紫式部が晩年に編んだ自選歌集）より）

03 紫式部の人生ストーリー解説③ 物語の執筆～出仕

夫の死後から出仕までの4年の間に、紫式部は『源氏物語』を書き始めたと考えられています。

夫の死後、紫式部はしばらくの間、喪に服していたようです。翌年には求婚者も現れたようですが、父からの援助を受けつつ子持ちの未亡人として暮らすことを選びました。『源氏物語』の起筆がいつなのかはわかっていませんが、紫式部が後宮へ出仕する少し前とする説が有力です。そして夫の死から4年後の寛弘2年（1005）、紫式部は藤原道長の長女・中宮彰子に仕えることになりました。

一条天皇の後宮

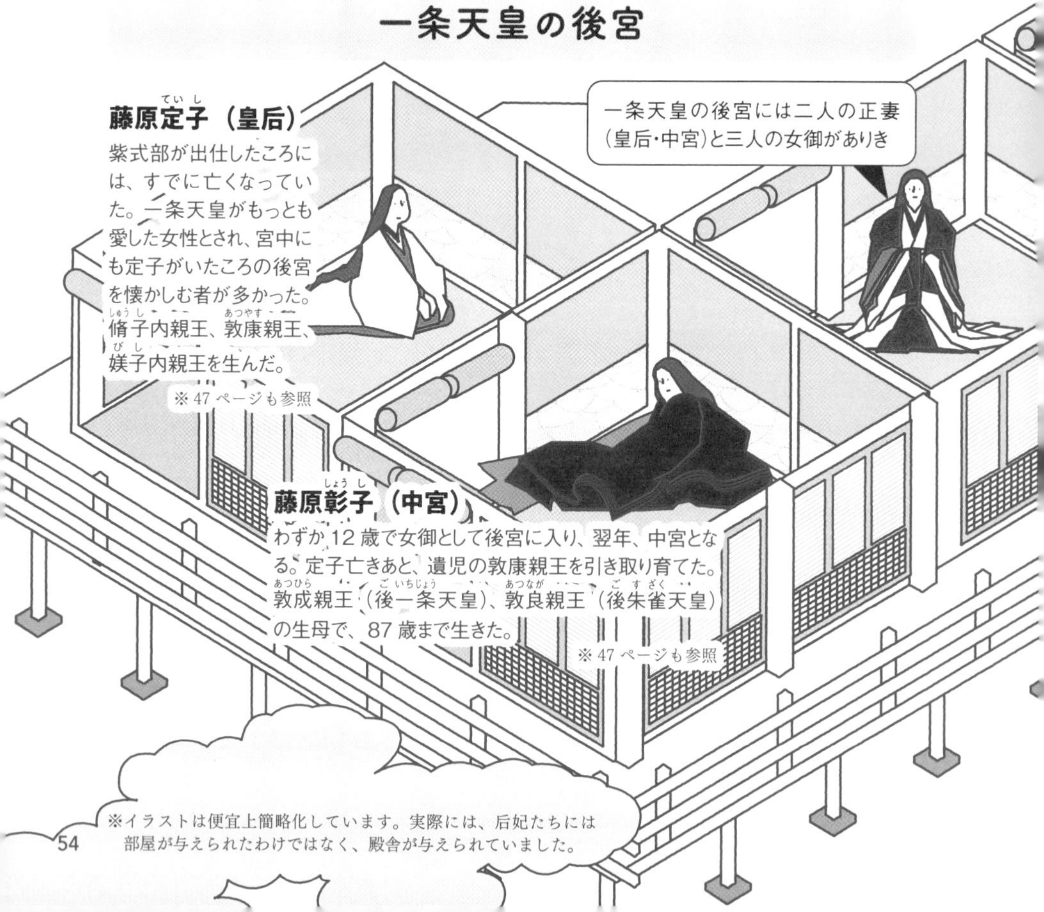
一条天皇の後宮には二人の正妻（皇后・中宮）と三人の女御がありき
藤原定子（皇后）
紫式部が出仕したころには、すでに亡くなっていた。一条天皇がもっとも愛した女性とされ、宮中にも定子がいたころの後宮を懐かしむ者が多かった。脩子内親王、敦康親王、媄子内親王を生んだ。
※47ページも参照
藤原彰子（中宮）
わずか12歳で女御として後宮に入り、翌年、中宮となる。定子亡きあと、遺児の敦康親王を引き取り育てた。敦成親王（後一条天皇）、敦良親王（後朱雀天皇）の生母で、87歳まで生きた。
※47ページも参照

※イラストは便宜上簡略化しています。実際には、后妃たちには部屋が与えられたわけではなく、殿舎が与えられていました。

この出仕以前に、すでに紫式部の名は『源氏物語』の作者として宮廷では広く知られていたようです。しかし、そのことが疎まれたのか、紫式部はほかの若い女房たちから敬遠され、一度は実家に引き返しています。しかし、彰子からの要請もあり再び後宮に戻った紫式部は、彰子の家庭教師として漢文の講義などをしつつ、藤原道長からの支援も受けて『源氏物語』を書き継いでいきました。

后妃ではなきものの、中宮定子亡きあと、その妹の御匣殿（道隆の四女）が一条天皇の寵を受けて懐妊せり。しかし御匣殿も身重のまま亡くなり、一条天皇はいたく嘆いたと伝われり

藤原義子（女御）

974～1053。太政大臣・藤原公季の長女で、弘徽殿女御と呼ばれた。長徳２年（996）に入内。子を生むことはなかった。万寿３年（1027）に出家。80歳まで生きた。

藤原元子（女御）

生没年不詳。左大臣・藤原顕光の長女で、承香殿女御と呼ばれた。長徳２年（996）に入内し、翌年、懐妊の兆しが見られたが流産。一条天皇の没後、為平親王の次男・源頼定と結婚し女子を産んだ。

藤原尊子（女御）

984～?。「粟田関白（※）」こと藤原道兼の長女。長徳４年（998）に藤原道長の後援により入内、御匣殿別当を経て長保２年（1000）に女御となった。一条天皇の没後、藤原通任に嫁いだ。

※粟田関白…藤原道兼が粟田山に建てた別荘に由来する通称。道兼は関白就任後わずか７日で没した。

04 紫式部の人生ストーリー解説④ その後の紫式部

紫式部の後宮での暮らしぶりは、紫式部が残した『紫式部日記』で知ることができます。

紫式部は、後宮に出仕していた時期に『紫式部日記』も残しています。日記は、中宮彰子が出産のために戻っていた実家（土御門殿）の記述からはじまり、出産やそのお祝いの儀式、そして中宮が内裏に戻った翌年正月の儀式までを記しています。また、当時の藤原道長を中心とした平安貴族や女房たちに対する雑感や、和泉式部、清少納言ら同時代の女流文学者の批評なども書かれており、紫式部の素顔や思想を知ることができる記録文学としても評価されています。

『紫式部日記』に記録された中宮彰子の出産

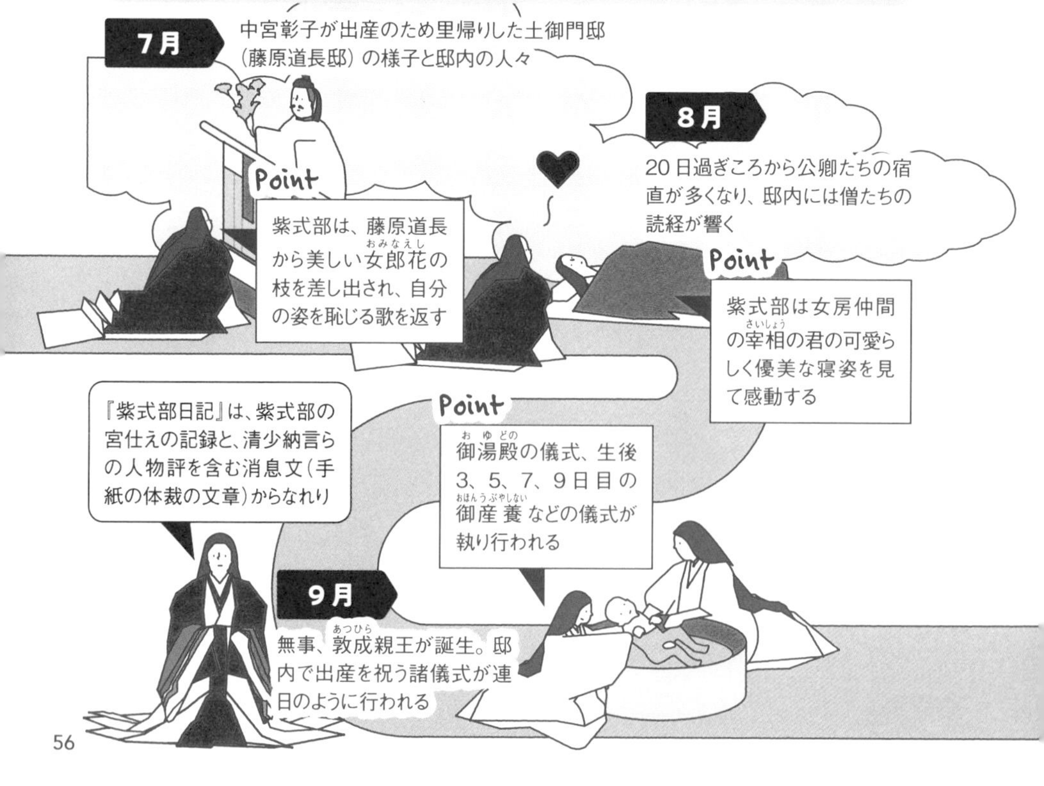
7月
中宮彰子が出産のため里帰りした土御門邸（藤原道長邸）の様子と邸内の人々
Point
紫式部は、藤原道長から美しい女郎花の枝を差し出され、自分の姿を恥じる歌を返す
8月
20日過ぎころから公卿たちの宿直が多くなり、邸内には僧たちの読経が響く
Point
紫式部は女房仲間の宰相の君の可愛らしく優美な寝姿を見て感動する
『紫式部日記』は、紫式部の宮仕えの記録と、清少納言らの人物評を含む消息文（手紙の体裁の文章）からなれり
Point
御湯殿の儀式、生後3、5、7、9日目の御産養などの儀式が執り行われる
9月
無事、敦成親王が誕生。邸内で出産を祝う諸儀式が連日のように行われる

日記は寛弘7年（1010）1月の記述で終わり、その後の紫式部の人生について詳しいことはわかっていません。寛弘8年（1011）の一条天皇の死去にともない彰子とともに枇杷殿に移り、同年、父・為時とともに越後国に下向していた弟・惟規が死去。また、藤原実資の日記『小右記』には、長和2年（1013）5月に「藤原為時の女（娘）」が対応したとの記述があります。翌年6月、為時が越後守を辞任して帰京していますが、これは紫式部が死去したためとの説もあります。

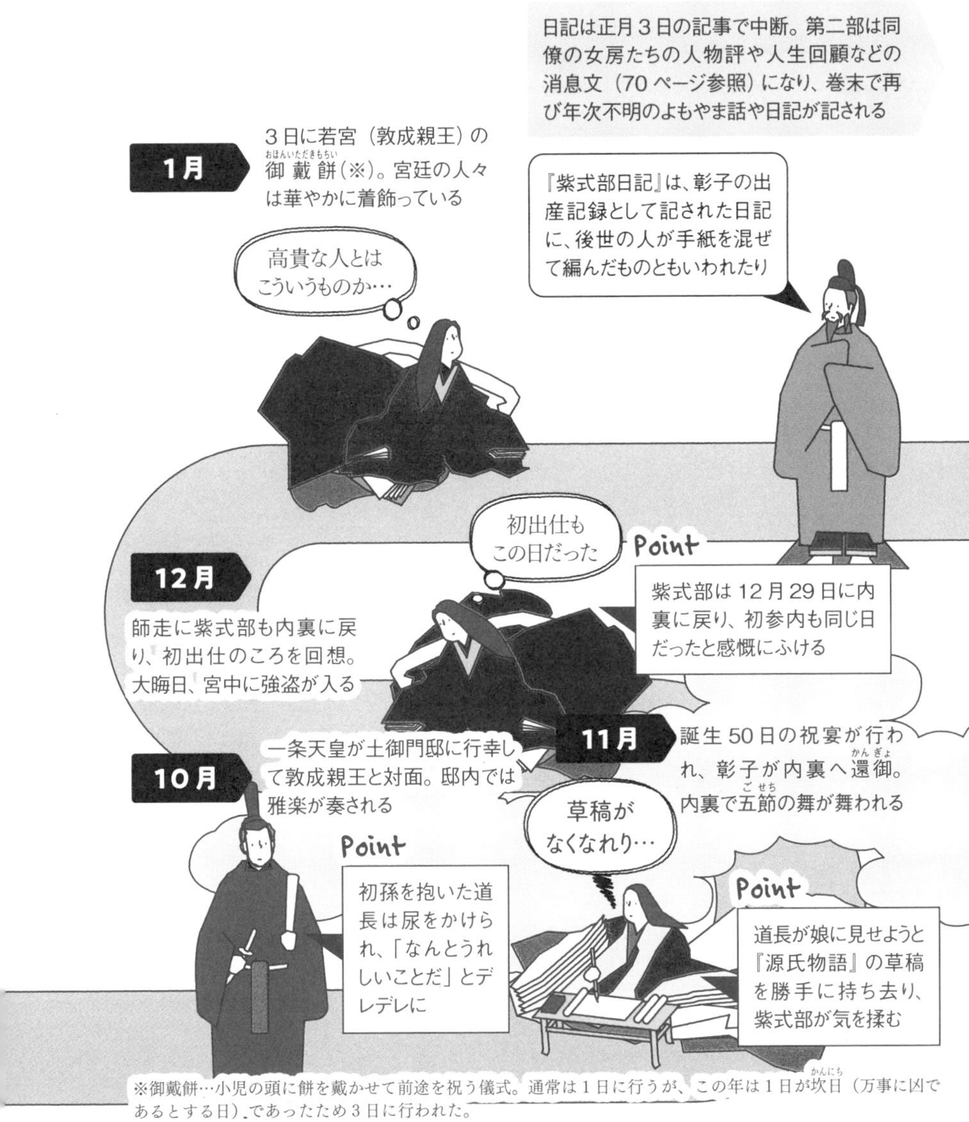
日記は正月3日の記事で中断。第二部は同僚の女房たちの人物評や人生回顧などの消息文（70ページ参照）になり、巻末で再び年次不明のよもやま話や日記が記される
1月
3日に若宮（敦成親王）の御戴餅（※）。宮廷の人々は華やかに着飾っている
『紫式部日記』は、彰子の出産記録として記された日記に、後世の人が手紙を混ぜて編んだものともいわれたり
高貴な人とはこういうものか…
初出仕もこの日だった
Point
紫式部は12月29日に内裏に戻り、初参内も同じ日だったと感慨にふける
12月
師走に紫式部も内裏に戻り、初出仕のころを回想。大晦日、宮中に強盗が入る
11月
誕生50日の祝宴が行われ、彰子が内裏へ還御。内裏で五節の舞が舞われる
10月
一条天皇が土御門邸に行幸して敦成親王と対面。邸内では雅楽が奏される
草稿がなくなれり…
Point
初孫を抱いた道長は尿をかけられ、「なんとうれしいことだ」とデレデレに
Point
道長が娘に見せようと『源氏物語』の草稿を勝手に持ち去り、紫式部が気を揉む

※御戴餅…小児の頭に餅を戴かせて前途を祝う儀式。通常は1日に行うが、この年は1日が坎日（万事に凶であるとする日）であったため3日に行われた。

紫式部と藤原道長をめぐる人々

『源氏物語』が書かれた時代は、まさに貴族文化の全盛期。その中心人物・藤原道長のまわりには、多くの親族や協力者、政敵などがいました。

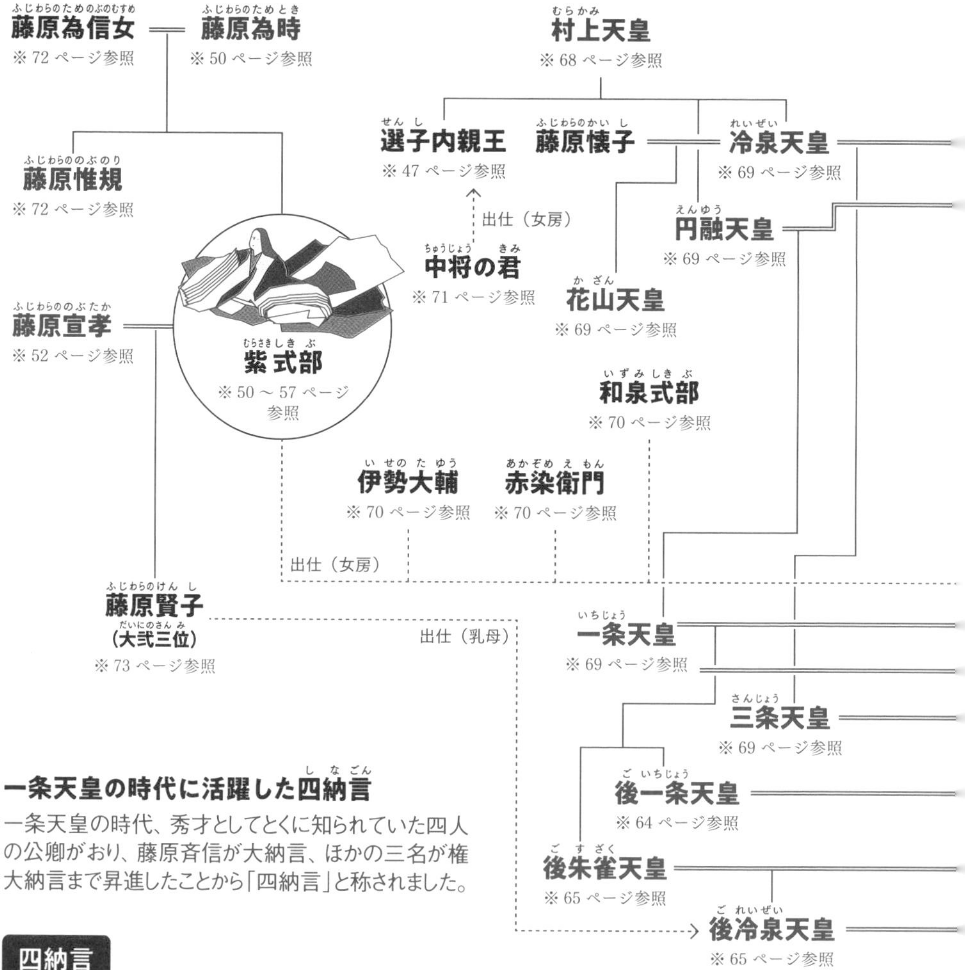

藤原為信女（ふじわらのためのぶのむすめ）
※ 72 ページ参照
藤原為時（ふじわらのためとき）
※ 50 ページ参照
村上天皇（むらかみ）
※ 68 ページ参照
藤原惟規（ふじわらののぶのり）
※ 72 ページ参照
選子内親王（せんし）
※ 47 ページ参照
藤原懐子（ふじわらのかいし）
冷泉天皇（れいぜい）
※ 69 ページ参照
出仕（女房）
円融天皇（えんゆう）
※ 69 ページ参照
中将の君（ちゅうじょうのきみ）
※ 71 ページ参照
花山天皇（かざん）
※ 69 ページ参照
藤原宣孝（ふじわらののぶたか）
※ 52 ページ参照
紫式部（むらさきしきぶ）
※ 50 ～ 57 ページ参照
和泉式部（いずみしきぶ）
※ 70 ページ参照
伊勢大輔（いせのたゆう）
※ 70 ページ参照
赤染衛門（あかぞめえもん）
※ 70 ページ参照
出仕（女房）
藤原賢子（ふじわらのけんし）
（大弐三位）（だいにのさんみ）
※ 73 ページ参照
出仕（乳母）
一条天皇（いちじょう）
※ 69 ページ参照
三条天皇（さんじょう）
※ 69 ページ参照
後一条天皇（ごいちじょう）
※ 64 ページ参照
後朱雀天皇（ごすざく）
※ 65 ページ参照
後冷泉天皇（ごれいぜい）
※ 65 ページ参照

一条天皇の時代に活躍した四納言（しなごん）

一条天皇の時代、秀才としてとくに知られていた四人の公卿がおり、藤原斉信が大納言、ほかの三名が権大納言まで昇進したことから「四納言」と称されました。

四納言

藤原公任（ふじわらのきんとう）

太政大臣・藤原頼忠の子で、詩歌管弦に通じていた。中古三十六歌仙の一人。四条大納言とも称される。

藤原斉信（ふじわらのただのぶ）

太政大臣・藤原為光の次男。道長の腹心として活躍。『枕草子』には雅な貴公子として描かれている。

源 俊賢（みなもとのとしかた）

左大臣・源高明の子。父の失脚後、関白・藤原道隆の信任を得て、道隆没後は妹の夫・道長に追随した。

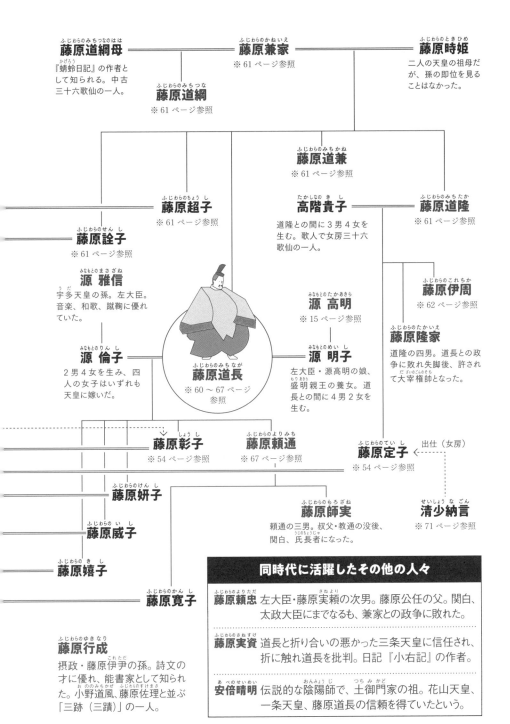

藤原道綱母

『蜻蛉日記』の作者として知られる。中古三十六歌仙の一人。

藤原兼家

※ 61 ページ参照

藤原時姫

二人の天皇の祖母だが、孫の即位を見ることはなかった。

藤原道綱

※ 61 ページ参照

藤原道兼

※ 61 ページ参照

藤原超子

※ 61 ページ参照

高階貴子

道隆との間に 3 男 4 女を生む。歌人で女房三十六歌仙の一人。

藤原道隆

※ 61 ページ参照

藤原詮子

※ 61 ページ参照

源 雅信

宇多天皇の孫。左大臣。音楽、和歌、蹴鞠に優れていた。

藤原伊周

※ 62 ページ参照

源 高明

※ 15 ページ参照

藤原道長

※ 60 ～ 67 ページ参照

藤原隆家

道隆の四男。道長との政争に敗れ失脚後、許されて大宰権帥となった。

源 倫子

2 男 4 女を生み、四人の女子はいずれも天皇に嫁いだ。

源 明子

左大臣・源高明の娘、盛明親王の養女。道長との間に 4 男 2 女を生む。

藤原彰子

※ 54 ページ参照

藤原頼通

※ 67 ページ参照

藤原定子

※ 54 ページ参照

出仕（女房）

藤原妍子

藤原師実

頼通の三男。叔父・教通の没後、関白、氏長者になった。

清少納言

※ 71 ページ参照

藤原威子

藤原嬉子

藤原寛子

藤原行成

摂政・藤原伊尹の孫。詩文の才に優れ、能書家として知られた。小野道風、藤原佐理と並ぶ「三跡（三蹟）」の一人。

同時代に活躍したその他の人々

藤原頼忠 左大臣・藤原実頼の次男。藤原公任の父。関白、太政大臣にまでなるも、兼家との政争に敗れた。

藤原実資 道長と折り合いの悪かった三条天皇に信任され、折に触れ道長を批判。日記『小右記』の作者。

安倍晴明 伝説的な陰陽師で、土御門家の祖。花山天皇、一条天皇、藤原道長の信頼を得ていたという。

05 藤原道長の人生ストーリー解説①
出生〜歴代最年少の公卿

藤原道長は、すでに摂関政治を推し進め政権トップの座にいた藤原北家に生まれ、若くして公卿になりました。

藤原道長は、康保３年（966）に藤原兼家の五男として誕生。兄弟には同じ母・時姫が生んだ長男・道隆、三男・道兼が、異母兄弟には次男・道綱と四男・道義がおり、同じ母から生まれた姉には、のちに入内する超子と詮子がいました。父の兼家は実兄の兼通と仲が悪く、しばらくの間、兄の策謀により出世を阻まれていました。兼通の死後、不遇の時期を脱し右大臣となった兼家は、次女の詮子を円融天皇の女御として入内させ、詮子は第一皇子（一条天皇）を産みました。

栄華を極めた藤原道長

藤原道長　Profile

生年：康保３年（966）／死没：万寿４年（1027）
位階：従一位／官職：摂政、太政大臣ほか／称号：准三宮
妻：倫子（源雅信娘／鷹司殿）、明子（源高明娘／高松殿）、簾子（源扶義娘）、源重光娘、儼子（藤原為光娘）、穠子（藤原為光娘）
子：彰子、頼通、頼宗、妍子、顕信、能信、教通、寛子、威子、尊子、長家、嬉子、長信
特技：漢詩、和歌、弓矢

Episode　『大鏡』に記された若き日の道長

歴史物語『大鏡』には、若き日の道長の豪胆さを示す以下の逸話が記されています。ある日、父の兼家が才人と評判だった関白頼忠の子・公任をうらやみ、息子たちに「お前たちには公任の影を踏むこともできまい」と嘆きました。すると、兄の道隆と道兼は言葉もなくだまっていたのですが、道長のみ「影ばかりでなく、その面まで踏んでみせましょう」と答えたといいます。

永観（えいかん）2年（984）、円融天皇は花山天皇に譲位しますが、兼家はわずか2年後に花山天皇を出家させ、詮子が産んだ皇子が一条天皇として即位。摂政に就任した兼家は「一座（いちざ）の宣旨（せんじ）（※）」を朝廷より下され摂関政治を確立し、道長も父の出世により歴代最年少の公卿となり政権の一翼を担いました。また、このころ道長は左大臣の源雅信（まさざね）の娘・倫子（りんし）と結婚してのちに一条天皇の中宮となる彰子（しょうし）を授かり、左大臣・源高明（たかあきら）の娘・明子（めいし）も妻としました。

※一座の宣旨…宮中で第一の上座に着くことを許す宣旨で、以後、摂政・関白は官位の序列にかかわらずこの宣旨を受けた。

藤原道長の兄弟たち

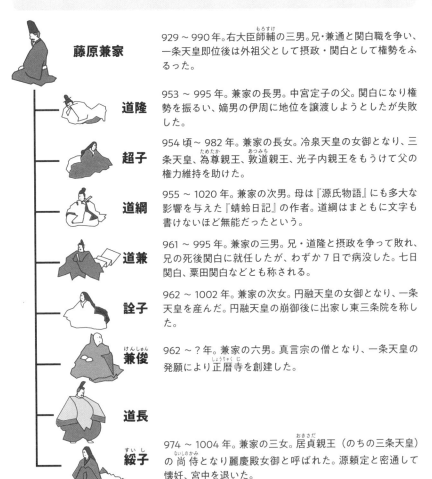

藤原兼家

929～990年。右大臣師輔（もろすけ）の三男。兄・兼通と関白職を争い、一条天皇即位後は外祖父として摂政・関白として権勢をふるった。

道隆

953～995年。兼家の長男。中宮定子の父。関白になり権勢を振るい、嫡男の伊周に地位を譲渡しようとしたが失敗した。

超子

954頃～982年。兼家の長女。冷泉天皇の女御となり、三条天皇、為尊（ためたか）親王、敦道（あつみち）親王、光子内親王をもうけて父の権力維持を助けた。

道綱

955～1020年。兼家の次男。母は『源氏物語』にも多大な影響を与えた『蜻蛉日記』の作者。道綱はまともに文字も書けないほど無能だったという。

道兼

961～995年。兼家の三男。兄・道隆と摂政を争って敗れ、兄の死後関白に就任したが、わずか7日で病没した。七日関白、粟田関白などとも称される。

詮子

962～1002年。兼家の次女。円融天皇の女御となり、一条天皇を産んだ。円融天皇の崩御後に出家し東三条院を称した。

兼俊（けんしゅん）

962～？年。兼家の六男。真言宗の僧となり、一条天皇の発願により正暦寺（しょうりゃくじ）を創建した。

道長

綏子（すいし）

974～1004年。兼家の三女。居貞（おきさだ）親王（のちの三条天皇）の尚侍（ないしのかみ）となり麗慶殿女御と呼ばれた。源頼定と密通して懐妊、宮中を退いた。

06 藤原道長の人生ストーリー解説②
兄の病没と政敵の失脚

道隆は息子の伊周に政権を譲ろうと画策しましたが失敗。五男の道長にチャンスがめぐってきました。

永祚2年（990）、摂政から関白になっていた兼家が亡くなると長男の道隆が関白となり、娘の定子を入内させましたが、道隆は長徳元年（995）に病没。道隆は死ぬ前に息子・伊周を関白にするよう天皇に願い出るものの許しは出ず、兼家の三男・道兼が関白となりました。しかし、道兼も就任から数日後に疫病で命を落とし、次に内覧（※）の宣旨が下ったのが道長でした。

道長の政権トップへの道のり

父・兼家と
伯父・兼通の対立
やるという
ことなりや？
コラ！
対立は兼通の勝利に見えたが、最終的には強固な外戚関係を築いた兼家が勝利した。
三兄・道兼が
花山天皇を退位させる
密かに
出家しなむ
ヒリヒリ
兄・道兼が、寵愛する女御の死で落ち込む花山天皇を出家させて道長の孫・一条天皇を擁立。
兼家が摂政となり
息子たちも昇進
兼家は摂政の人事権を活用し息子たちを昇進させ、道長も歴代最年少の公卿に。

※内覧…太政官から天皇に奏上する文書に前もって目を通し、政務を代行すること。内覧より摂政・関白になるのが恒例だった。

同年、道長は右大臣を任じられ藤氏長者（藤原氏全体を統率する地位）になり、左近衛大将をも兼ねることになりました。また、長徳２年（996）１月には、敵対していた伊周とその弟・隆家が花山法皇に矢を射かけるという事件を起こして失脚。同年７月、道長は左大臣に昇進し、名実ともに朝廷内の権限を掌握する第一の実力者となりました。

兼家が死去し、長兄・道隆が関白に
次の天皇となる子を生みたまえ
道隆が関白・摂政となり、娘の定子を入内させ栄華を極めるも、43歳で病死。
三兄・道兼も病没し、道長が内覧となる
あとは任せたまえ
道隆の死後、関白を任じられた道兼はすぐに病没。道長がチャンスをつかむ。
ライバルだった藤原伊周が失脚
いよいよわが世が来たり
対立関係にあった伊周（伯父・兼通の子）がスキャンダルで自滅。道長の時代に。
二人の兄の死と、天皇の母となった姉・詮子の後ろ盾がなければ、のちの道長の栄華はあらざりしかも

07 藤原道長の人生ストーリー解説③ 栄華を極めた道長

藤原道長は、甥の一条天皇と良好な関係を築き、最終的に「一家三后」を成し遂げて絶大な権力を握りました。

道長にとって同母姉・詮子の子である一条天皇は甥にあたり、二人の関係は良好だったといわれています。長保元年（999）には、道長は長女の彰子（しょうし）を一条天皇の中宮として入内させ、寛弘5年（1008）に敦成親王（のちの後一条天皇）が生まれました。さらに寛弘8年（1011）に一条天皇が崩御して三条（さんじょう）天皇が即位すると、道長は次女・妍子（けんし）を入内させました。

道長と天皇家の外戚関係

この世をば 我が世とぞ思ふ 望月の
欠けたることも なしと思へば（※）
この有名な「望月の歌」は、道長の四女・威子が後一条天皇の皇后になったことを祝う宴で詠まれました

※現代語訳…この世は私のためにあるように思う。今日の満月のように私に欠けているものは何もないので。

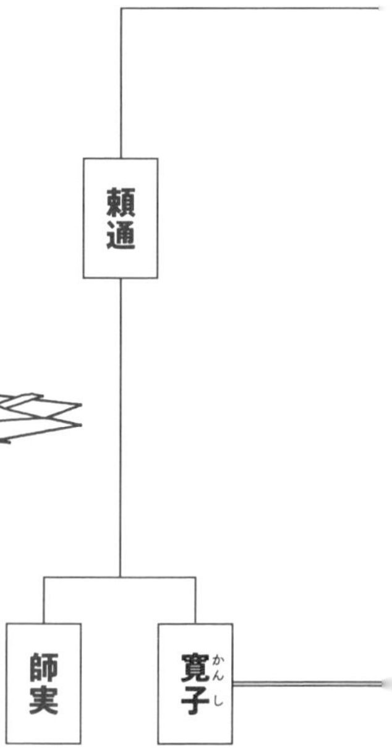
頼通
師実
寛子（かんし）

Point

「一家立三后（いっかりつさんごう）」とは？

「三后（さんこう）」とは、皇后、皇太后、太皇太后（たいこうたいごう）のこと（45ページ参照）。後一条天皇の在位時には、道長の長女・彰子が太皇太后、次女・妍子が皇太后、四女・威子が皇后で、道長の娘たちのみだけで三后を独占している状態でした。このときまさに、道長の権勢は絶頂期を迎えたのです。

しかし、道長と三条天皇は折り合いが悪く、長和５年（1016）に強引に退位させると、道長は自身の孫の敦成親王を即位させ（後一条天皇）、自らは摂政となりました。ところが、ほどなくして道長は摂政を辞任。この時点ですでに道長は天皇の外祖父として十分な権力を有していたため、長男の頼通を摂政とすることで後継体制を盤石なものにしようとしたようです。その後も道長は権力を維持し、寛仁２年（1018）には四女・威子を後一条天皇に入内させ、一つの家から三人の后を出す「一家立三后」を実現しました。

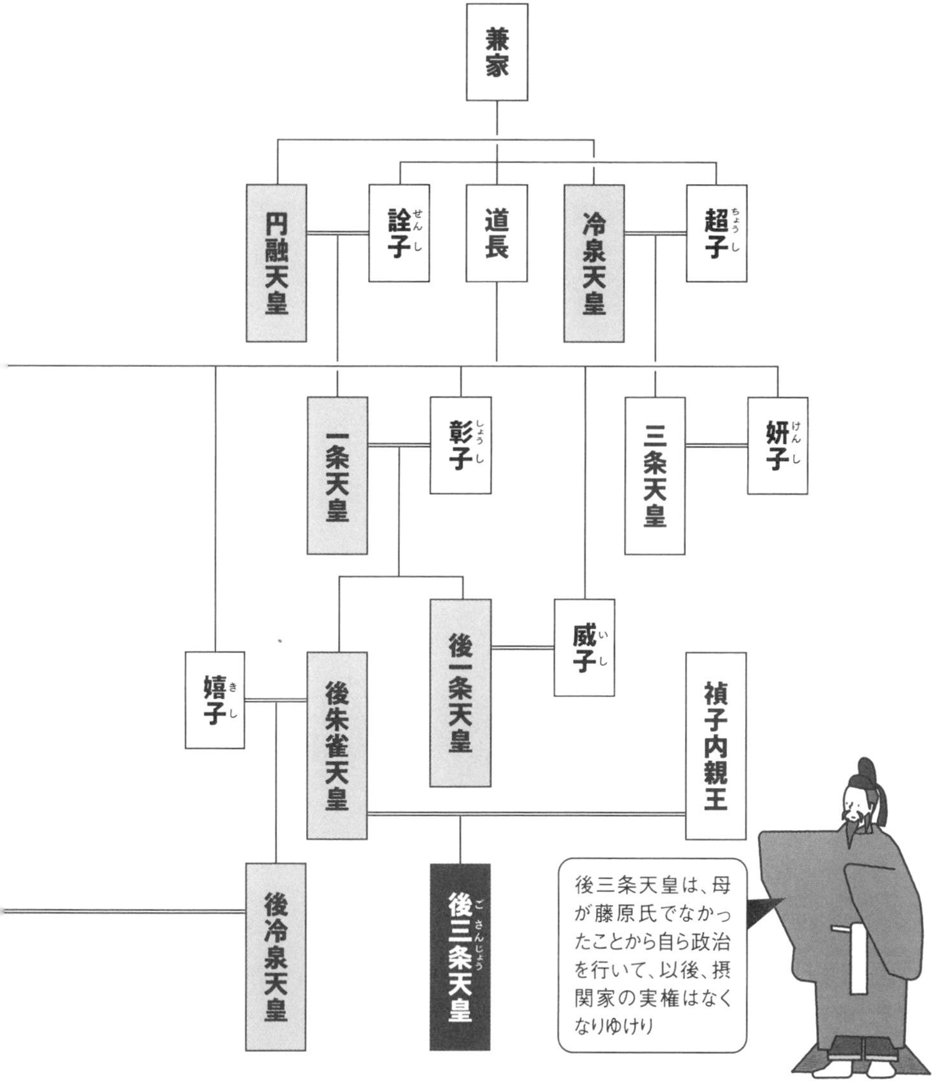
兼家
円融天皇
詮子
道長
冷泉天皇
超子
一条天皇
彰子
三条天皇
妍子
嬉子
後朱雀天皇
後一条天皇
威子
禎子内親王
後冷泉天皇
後三条天皇
後三条天皇は、母が藤原氏でなかったことから自ら政治を行いて、以後、摂関家の実権はなくなりゆけり

08 藤原道長の人生ストーリー解説④ 道長の晩年とその後

晩年、病に冒された道長は出家し、念仏を唱えながら死にました。その後、摂関政治は徐々にほころびが見えてきます。

道長は、「望月の歌」（64ページ参照）を詠んだころには糖尿病など多くの疾患に苦しんでおり、寛仁3年（1019）に出家しました。晩年の道長は、極楽往生を願って法成寺の造営を開始。造営には諸国の受領が奉仕したほか、公卿や僧侶、民衆にも役負担が課されるなど、引退後も道長の権勢は衰えを見せませんでした。万寿4年（1027）12月4日、死期を悟った62歳の道長は、阿弥陀如来像の指と自分の指を糸で結び、念仏を唱えながら亡くなりました。

摂政・関白の違いとは？

摂政
天皇が幼いなどの理由で自ら政務が執れないときに、代わって政治を行う役職。人臣の就任は藤原良房（17ページ参照）が最初。
関白
成人後の天皇を補佐して政務を行う役職。平安時代中期の藤原基経（17ページ参照）にはじまる。
Point
天皇が幼少のときは摂政、成長後は関白を置くのが通例で、摂政と関白が同時に置かるることはあらず
Point
藤原実頼（900～970）が康保4年（967）に冷泉天皇の関白となって以降、摂政・関白が常置されき
Point
平安時代以降は摂関を藤原氏が独占。唯一の例外は関白に就任せる豊臣秀吉・秀次親子のみなり

道長の死後、道長の長男・頼通は後一条、後朱雀、後冷泉の3代の天皇に摂政・関白として仕え、治暦3年（1067）に辞任するまで約半世紀にわたって政権を掌握しました。なお、頼通は末法思想（22ページ参照）において末法元年とされる永承7年（1052）に、道長から伝わる宇治の別荘を寺院（平等院）に改め、晩年は出家して平等院に隠棲しました。その後、藤原氏を外戚としない後三条天皇の親政や白河上皇の院政などにより、摂関政治は形骸化していきました。

摂関政治終焉までの道筋

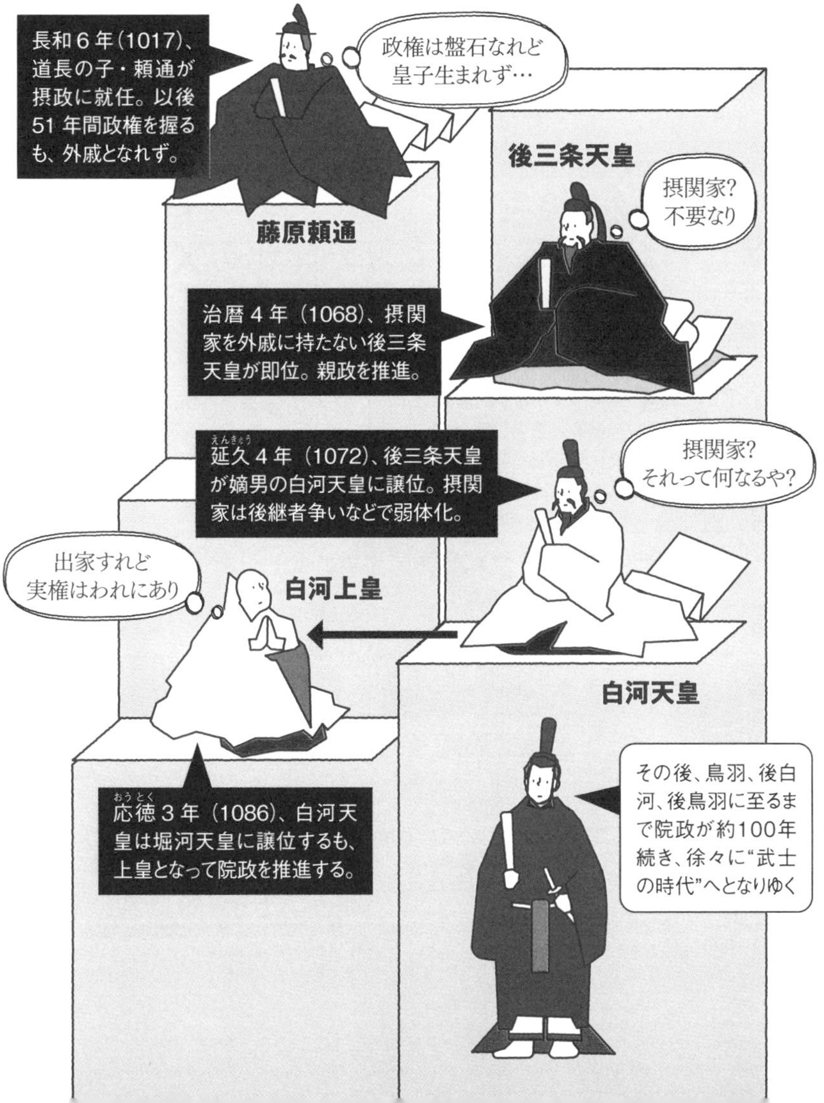
長和6年（1017）、道長の子・頼通が摂政に就任。以後51年間政権を握るも、外戚となれず。
政権は盤石なれど皇子生まれず…
藤原頼通
後三条天皇
摂関家？不要なり
治暦4年（1068）、摂関家を外戚に持たない後三条天皇が即位。親政を推進。
延久4年（1072）、後三条天皇が嫡男の白河天皇に譲位。摂関家は後継者争いなどで弱体化。
摂関家？それって何なるや？
出家すれど実権はわれにあり
白河上皇
白河天皇
応徳3年（1086）、白河天皇は堀河天皇に譲位するも、上皇となって院政を推進する。
その後、鳥羽、後白河、後鳥羽に至るまで院政が約100年続き、徐々に“武士の時代”へとなりゆく

09 『源氏物語』の舞台となった時代の天皇たち

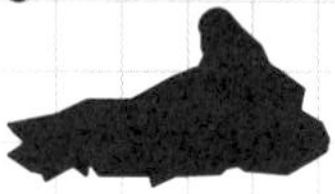

『源氏物語』は過去を舞台にしつつ、執筆当時のリアルな政治状況や人間模様も反映して書き進められました。

第一章でも解説したとおり、『源氏物語』は書かれた当時より50～100年くらい前を舞台とした物語と考えられています（15ページ参照）。さらに細かく見た場合、光源氏の前半生（第一部）は、天皇が自ら政治を行い多くの一世源氏たちが活躍した醍醐・村上天皇の時代をモデルとし、光源氏が外戚政治によって朝廷内で登り詰めていく後半（第二部）は、同じく外戚政治によって藤原家が栄華を極めた執筆当時の政治状況が強く影響しているといわれています。

『源氏物語』の舞台となった時代の天皇たち

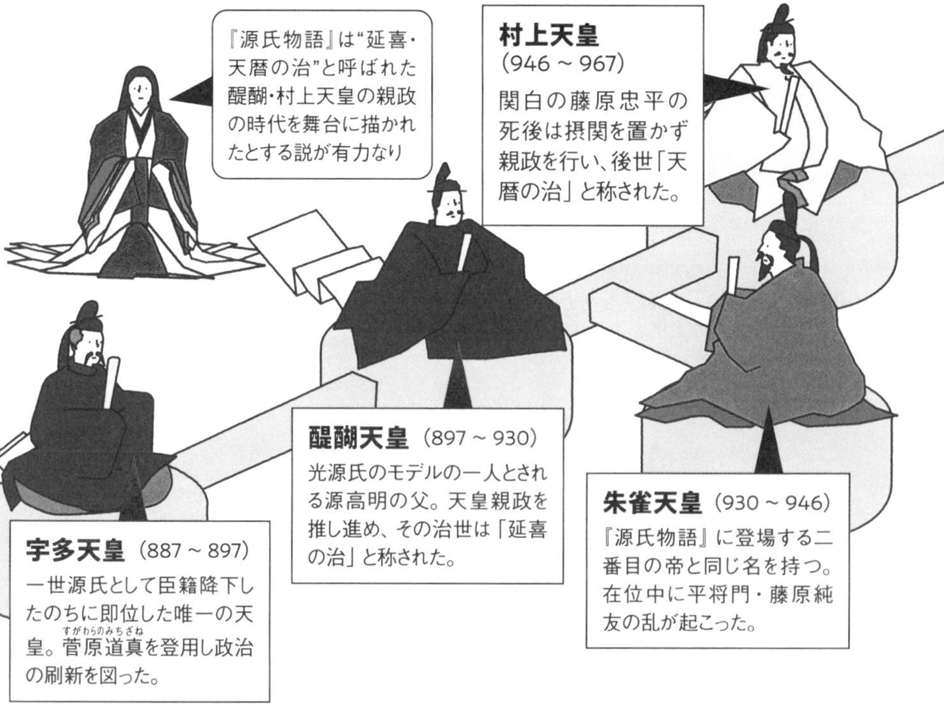
『源氏物語』は"延喜・天暦の治"と呼ばれた醍醐・村上天皇の親政の時代を舞台に描かれたとする説が有力なり
村上天皇（946～967）
関白の藤原忠平の死後は摂関を置かず親政を行い、後世「天暦の治」と称された。
醍醐天皇（897～930）
光源氏のモデルの一人とされる源高明の父。天皇親政を推し進め、その治世は「延喜の治」と称された。
朱雀天皇（930～946）
『源氏物語』に登場する二番目の帝と同じ名を持つ。在位中に平将門・藤原純友の乱が起こった。
宇多天皇（887～897）
一世源氏として臣籍降下したのちに即位した唯一の天皇。菅原道真を登用し政治の刷新を図った。

ちなみに、『源氏物語』の冒頭で若くして亡くなる光源氏の母・桐壺更衣は、一条天皇が寵愛した中宮定子がモデルともいわれています。おそらく、『源氏物語』は当時の宮廷人たちにとって“懐かしい物語”でありながら、今でいう“リアリティ番組”のような生々しさも秘めていたのでしょう。こうした時代背景を知ることも、『源氏物語』の作品世界をより深く楽しむための一助となるでしょう。

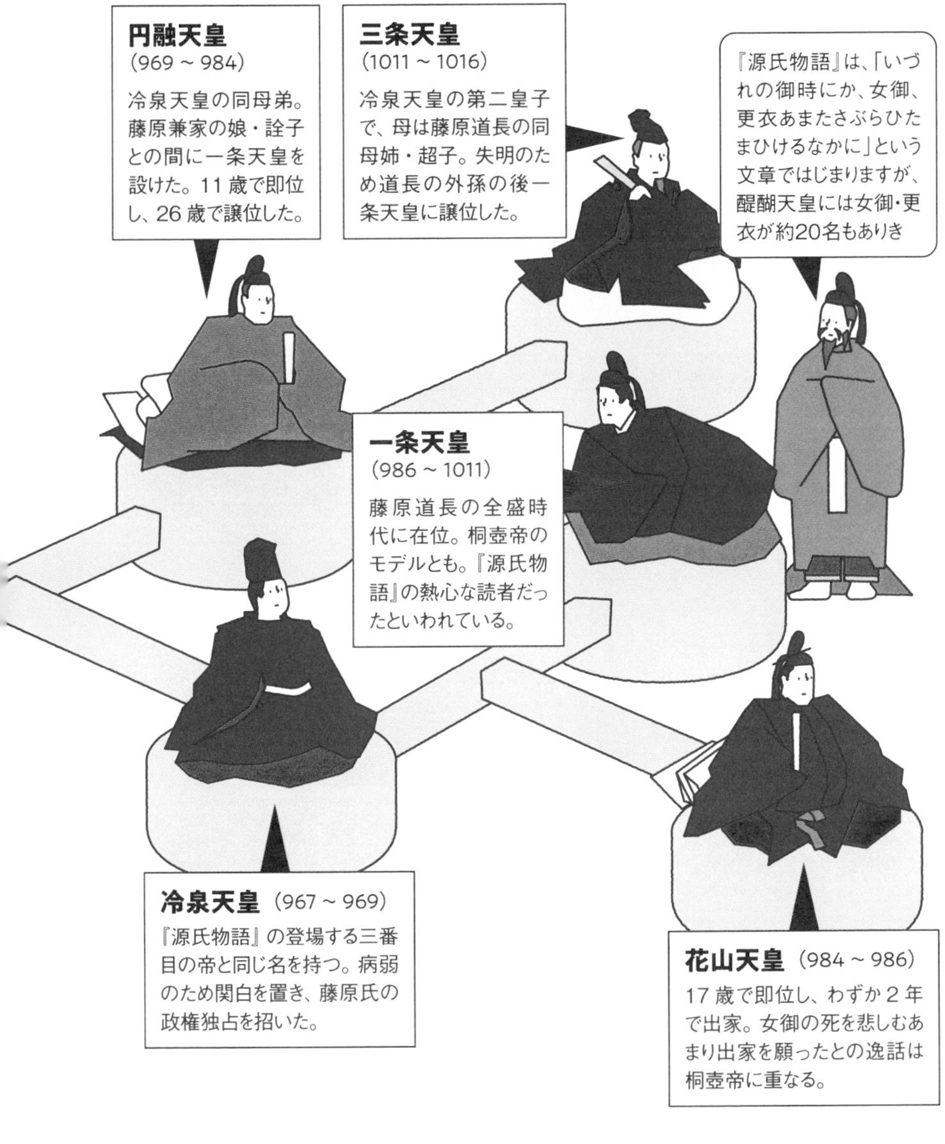
円融天皇
（969 ～ 984）
冷泉天皇の同母弟。藤原兼家の娘・詮子との間に一条天皇を設けた。11 歳で即位し、26 歳で譲位した。
三条天皇
（1011 ～ 1016）
冷泉天皇の第二皇子で、母は藤原道長の同母姉・超子。失明のため道長の外孫の後一条天皇に譲位した。
『源氏物語』は、「いづれの御時にか、女御、更衣あまたさぶらひたまひけるなかに」という文章ではじまりますが、醍醐天皇には女御・更衣が約20名もありき
一条天皇
（986 ～ 1011）
藤原道長の全盛時代に在位。桐壺帝のモデルとも。『源氏物語』の熱心な読者だったといわれている。
冷泉天皇（967 ～ 969）
『源氏物語』の登場する三番目の帝と同じ名を持つ。病弱のため関白を置き、藤原氏の政権独占を招いた。
花山天皇（984 ～ 986）
17 歳で即位し、わずか 2 年で出家。女御の死を悲しむあまり出家を願ったとの逸話は桐壺帝に重なる。

※（ ）内の数字は生没年ではなく在位年です。

10 紫式部をめぐる女性たち

紫式部は、『紫式部日記』後半の“消息文”の中で、同僚（女房仲間）や同時代の女流文化人たちについて記しています。

『源氏物語』が書かれた時代は女流文学が隆盛した時代でした。中宮彰子のもとには多くの女房が仕え、紫式部や和泉式部、赤染衛門（あかぞめえもん）、伊勢大輔（いせのたゆう）などの女流文化人たちが集っていました（47ページ参照）。紫式部は、『紫式部日記』の中で、彼女たち同僚のほか同時代の女流文化人についても記しており、中でも、中宮定子に仕えた清少納言（せいしょうなごん）については、かなり辛辣に評しています。

紫式部をとりまく女性たち

和泉式部（生没年不詳）
『和泉式部日記』『和泉式部集』で知られる歌人。自身の恋愛体験にもとづいた情熱的な歌を詠んだ。『紫式部日記』では、「感心しない面もあるが、趣深い和歌を詠む」と評されている。

彰子に仕えた歌人たち

伊勢大輔（生没年不詳）
歌人。寛弘５年（1008）に中宮彰子のもとに出仕。奈良から献上された桜の受け取り役を紫式部から譲られ、即興で見事な和歌を詠んだ逸話で有名。『紫式部日記』ではとくに触れられていない。

赤染衛門（960？～1040？）
和泉式部と並び称される歌人。歴史物語『栄花物語』正編の作者とされる。『紫式部日記』には、「家柄が優れているわけではないが風格があり、恥ずかしくなるほど上手な歌を詠む」と評されている。

『源氏物語』については、藤原道綱母の『蜻蛉日記』の影響も指摘されています。たとえば、『源氏物語』作中の光源氏と明石の君という身分差のある結婚は、中流貴族の出身の道綱母が道長の父・兼家に嫁いだことに着想を得ているともいわれています。ちなみに、『紫式部日記』の中で「姫君のように美しい」と評された宰相の君（56 ページ参照）は、藤原道綱の娘（道綱母の孫）でした。

同僚（女房仲間）たち
大納言の君（生没年不詳）
源廉子。父は源時通（藤原道長の妻・倫子の兄弟）とする説も。紫式部と親しかった同僚の一人で、『紫式部日記』では「小柄で白く、ぶつぶつ（まるまる）と太って可愛らしい」と評されている。
小少将の君（生没年不詳）
中宮彰子に仕えた女房。大納言の君の妹との説もある。紫式部ともっとも親しい同僚だったが、若くして亡くなった。『紫式部日記』では、「上品で可愛らしいが、心配になるほど子どもっぽい」と評されている。
宰相の君（生没年不詳）
藤原豊子。藤原道綱の娘で、中宮彰子に仕えた。紫式部と親しかった同僚の一人で、赤染衛門とも親交があった。『紫式部日記』にもたびたび登場し、その美しさを賞賛されている（56 ページ参照）。
同時代の女流文化人たち
中将の君（生没年不詳）
歌人。斎院司長官・源為理の娘。妹とともに斎院・選子内親王に仕えた。紫式部の兄弟の恋人だったといわれている。『紫式部日記』では「憎らしい」と言い切り、かなりの長文で批判を展開している。
清少納言（生没年不詳）
歌人、随筆家（『枕草子』作者）。中宮定子に仕えた女房。紫式部との面識はなかったと思われるが、『紫式部日記』では「あんな偉ぶって軽薄な人に、よい行く末などあるはずがない」と酷評されている。

11 紫式部の家族

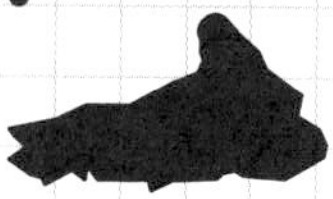

紫式部には惟規以外にも兄弟がいました。また、紫式部の娘・賢子は、母と同じ彰子に仕えました。

紫式部の家系や父親（為時）や弟（惟規）、夫（宣孝）などについてはこれまでにも触れてきましたが、それ以外の家族についても紹介しましょう。まず、紫式部の母は、名前や生没年などはわかっていませんが、越前守などを歴任した中納言・藤原為信の娘でした。為信は歌人としても知られており、紫式部の文才は文人家系の父方だけでなく、母方の影響もあったのかもしれません。

紫式部の兄弟たち

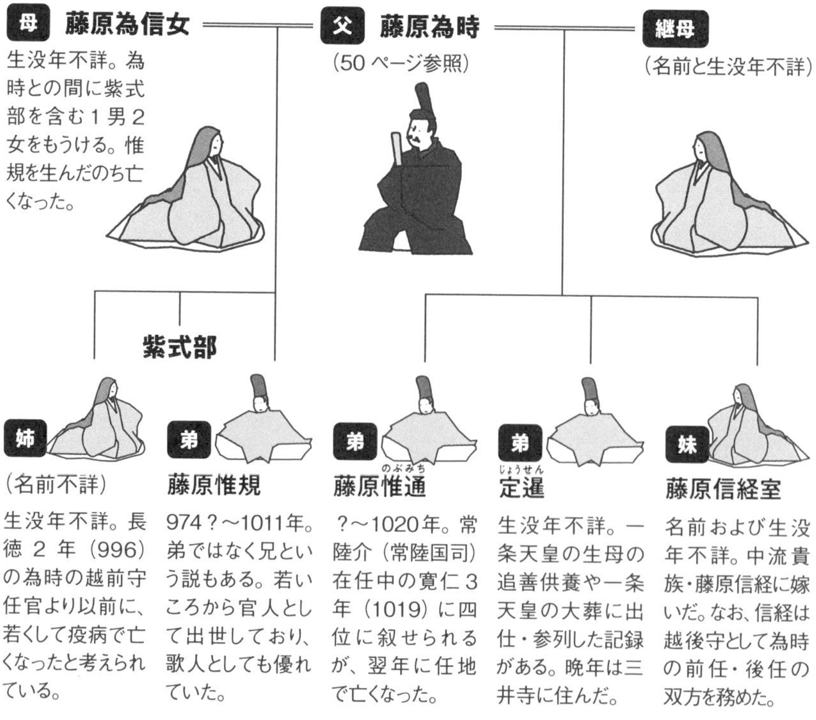
母 藤原為信女
生没年不詳。為時との間に紫式部を含む1男2女をもうける。惟規を生んだのち亡くなった。
父 藤原為時
（50ページ参照）
継母
（名前と生没年不詳）
紫式部
姉
（名前不詳）
生没年不詳。長徳2年（996）の為時の越前守任官より以前に、若くして疫病で亡くなったと考えられている。
弟
藤原惟規
974？～1011年。弟ではなく兄という説もある。若いころから官人として出世しており、歌人としても優れていた。
弟
藤原惟通（のぶみち）
？～1020年。常陸介（常陸国司）在任中の寛仁3年（1019）に四位に叙せられるが、翌年に任地で亡くなった。
弟
定暹（じょうせん）
生没年不詳。一条天皇の生母の追善供養や一条天皇の大葬に出仕・参列した記録がある。晩年は三井寺に住んだ。
妹
藤原信経室
名前および生没年不詳。中流貴族・藤原信経に嫁いだ。なお、信経は越後守として為時の前任・後任の双方を務めた。

紫式部の兄弟は、先に少し触れた同母兄弟の惟規が有名ですが、姉（名前および生没年不詳）がいたこともわかっています。また、異母弟に常陸介などを務めた惟通、出家して僧になった定暹、ほかに藤原信経に嫁いだ異母妹もいました。また、紫式部と夫・宣孝との間には一人娘の賢子がいました。賢子は長和6年（1017）ころから、母・紫式部も仕えた一条院の女院彰子に出仕しました。

紫式部の娘・賢子の生涯

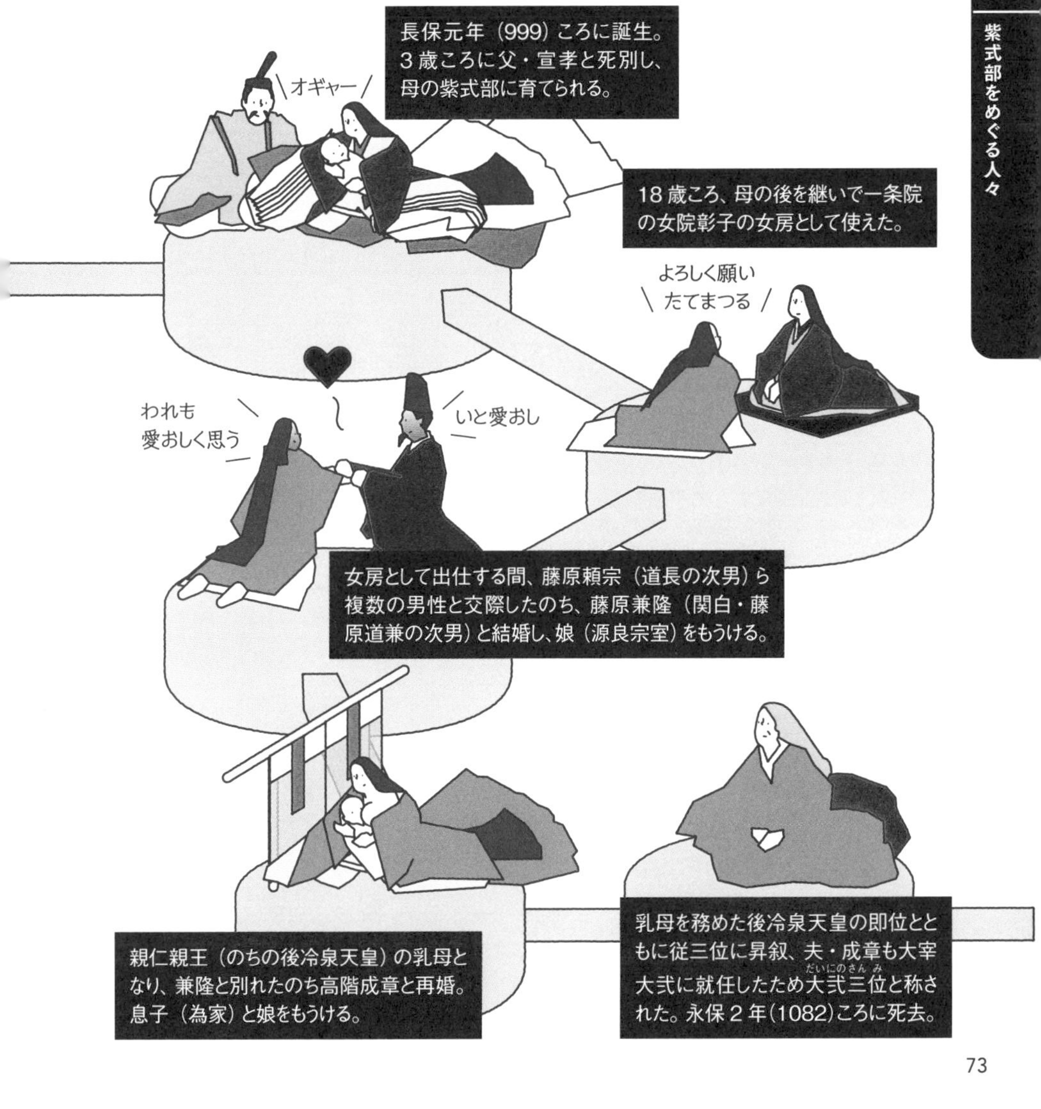

長保元年（999）ころに誕生。3歳ころに父・宣孝と死別し、母の紫式部に育てられる。
オギャー
18歳ころ、母の後を継いで一条院の女院彰子の女房として使えた。
よろしく願いたてまつる
われも愛おしく思う
いと愛おし
女房として出仕する間、藤原頼宗（道長の次男）ら複数の男性と交際したのち、藤原兼隆（関白・藤原道兼の次男）と結婚し、娘（源良宗室）をもうける。
親仁親王（のちの後冷泉天皇）の乳母となり、兼隆と別れたのち高階成章と再婚。息子（為家）と娘をもうける。
乳母を務めた後冷泉天皇の即位とともに従三位に昇叙、夫・成章も大宰大弐に就任したため大弐三位と称された。永保2年（1082）ころに死去。

COLUMN 3

平安時代の貴族の遊び

さまざまな種類があった貴族の遊び

平安時代の貴族にとってもっとも身近な娯楽は詩歌管弦（漢詩や和歌、楽器をたしなむこと）でした。そのため、和歌を詠んだり楽器を演奏したりするための教養や鍛錬は、当時の貴族たちにとって必須のものでした。また、宴会や物詣（旅行）、物語を読むといった娯楽のほか、現在のゲームやスポーツにあたるような遊びも行われていました。

屋内

物合

集まった人を左右２組に分け、双方が持ち寄ったもので競い合い勝敗を決める。和歌をつくって競う歌合のほか、絵合、香合、扇合、花合など、さまざまなもので競った。

双六

木製の盤に白と黒の駒を15個ずつ並べ、出たサイコロの目によって駒を進め、早く相手の陣地に並べると勝ち。賭双六も。

碁

現在の囲碁とほぼ同一のゲーム。『源氏物語』の「宿木」（四十九帖）にも今上帝と薫が囲碁を楽しむ場面がある。

屋外

蹴鞠

鹿の皮でつくった鞠を蹴り上げて落とさないようにする遊び。鞠を受けた人は、次の人に渡すまで３回蹴る（トラップ→リフティング→パスのイメージ）というルールがあった。

打毬

２組に分かれて騎乗し、紅白の毬をスティックですくい取り、自分の組のゴール（毬門）に投げ入れる遊び。騎乗しない場合もある。

競馬

２頭（数頭の場合も）の馬を走らせて勝負を争う競技。神事の側面が強く、現在も京都の上賀茂神社では「賀茂競馬」が行われている。

第四章

54帖を一気に解説！　その一（第一部前半）

若き日の光源氏

ここからは『源氏物語』全54帖を
イラストとともに一気に解説していきます。
輝くばかりの容姿と才能を生まれながらに持つ光源氏の
誕生から28歳までの物語です。

※本文中に記載された年齢の表記は、数え年（生まれた時点で1歳）のため、現在の満年齢より1～2歳高くなっています。

※本文中に記載された月の表記は旧暦（太陰暦）のため、現在用いられている新暦（太陽暦）とはおよそひと月ずれています（例：旧暦の二月は、新暦の三月にほぼ相当）。

『源氏物語』主要登場人物相関図

『源氏物語』にはおよそ500人もの登場人物がいます。以下は、主人公の光源氏を中心とする主な登場人物の相関図です。

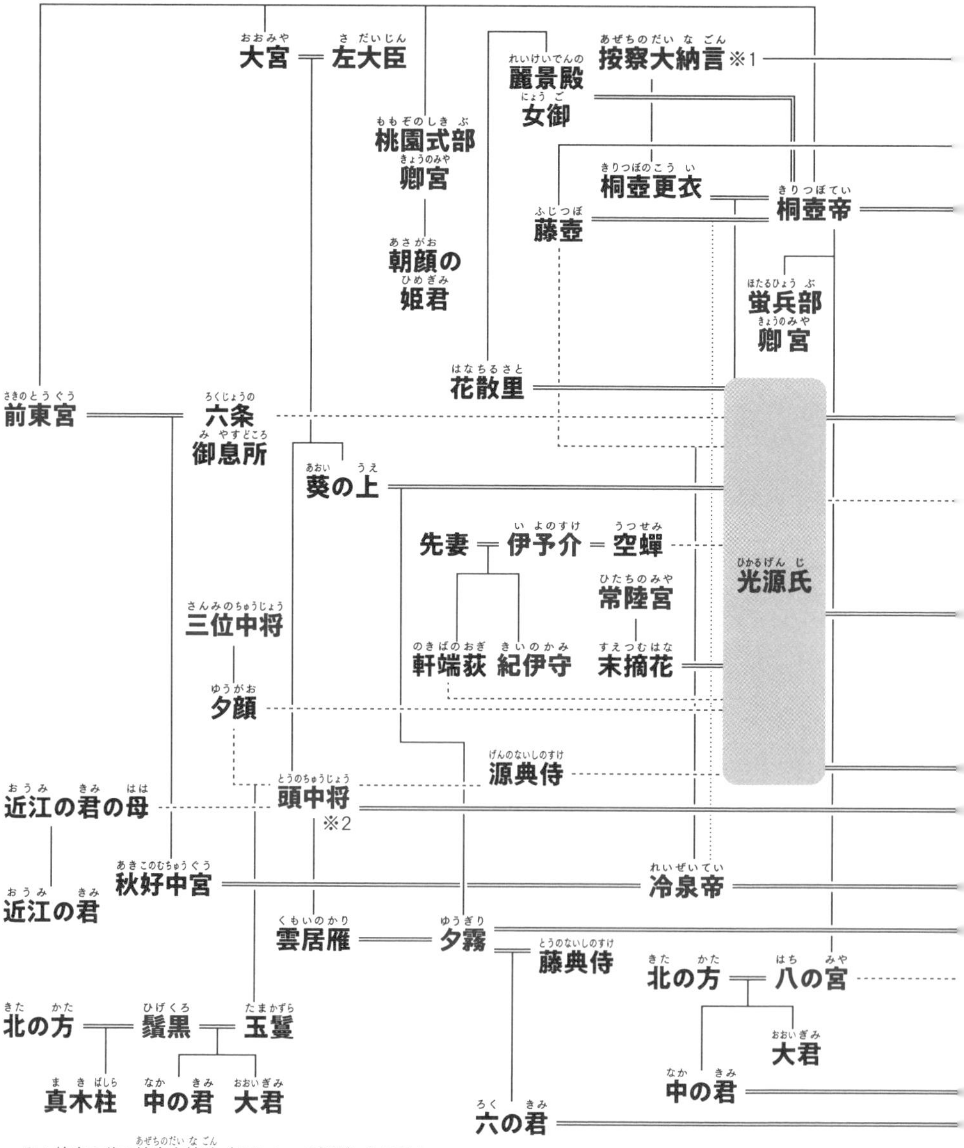

大宮
左大臣
按察大納言 ※1
麗景殿女御
桃園式部卿宮
桐壺更衣
桐壺帝
藤壺
朝顔の姫君
蛍兵部卿宮
花散里
前東宮
六条御息所
葵の上
光源氏
先妻
伊予介
空蝉
常陸宮
三位中将
軒端荻
紀伊守
末摘花
夕顔
源典侍
近江の君の母
頭中将
※2
秋好中宮
冷泉帝
近江の君
雲居雁
夕霧
藤典侍
北の方
八の宮
大君
中の君
北の方
鬚黒
玉鬘
真木柱
中の君
大君
六の君

※1 柏木の弟の按察大納言（146ページ参照）とは別人。
※2 物語本文中の表記は、昇進などによって変わっていきます。

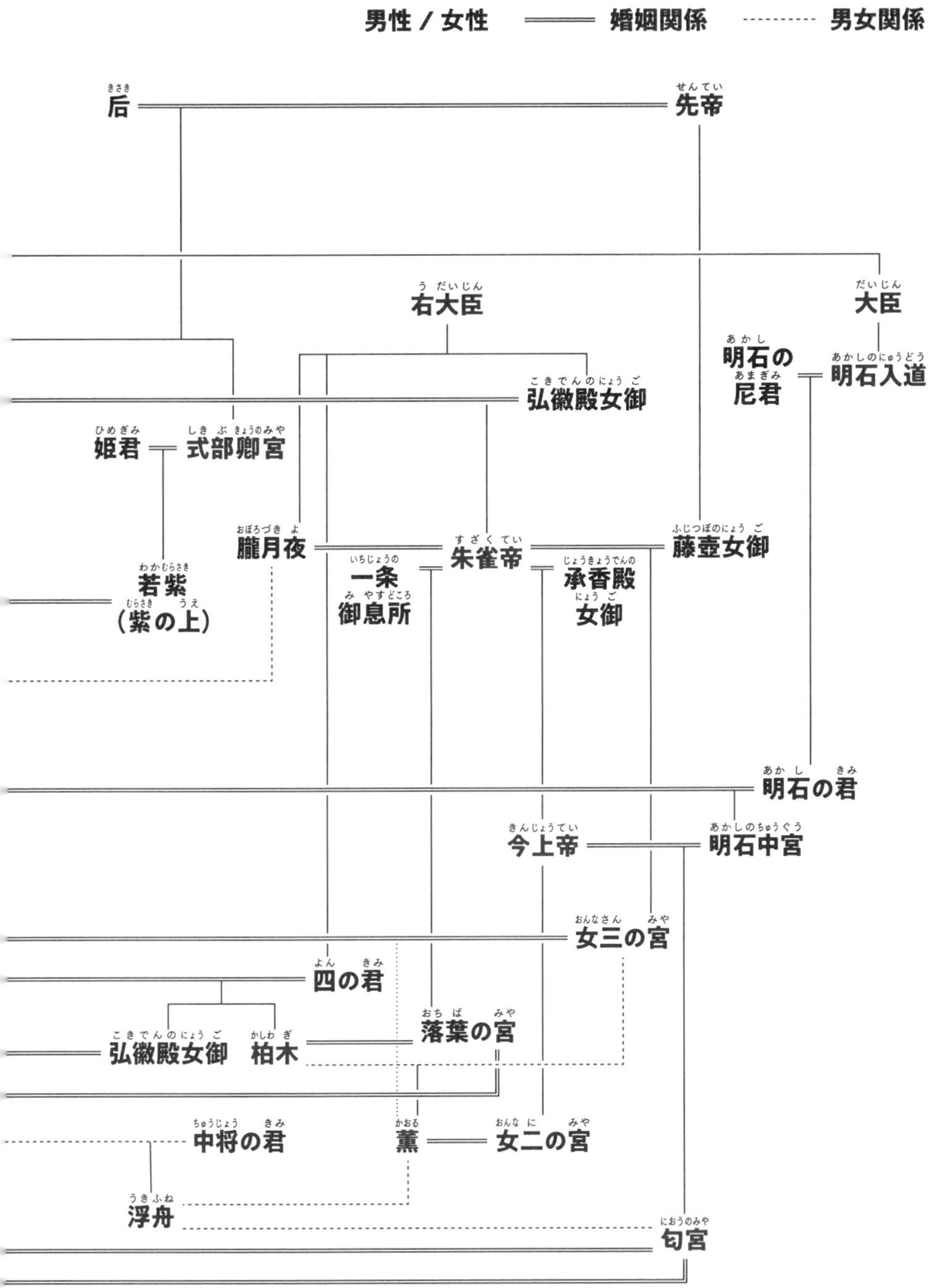
男性／女性
婚姻関係
男女関係
后（きさき）
先帝（せんてい）
右大臣（うだいじん）
大臣（だいじん）
明石の尼君（あかしのあまぎみ）
明石入道（あかしのにゅうどう）
弘徽殿女御（こきでんのにょうご）
姫君（ひめぎみ）
式部卿宮（しきぶきょうのみや）
朧月夜（おぼろづきよ）
朱雀帝（すざくてい）
藤壺女御（ふじつぼのにょうご）
一条御息所（いちじょうのみやすどころ）
承香殿女御（じょうきょうでんのにょうご）
若紫（わかむらさき）
（紫の上）（むらさきのうえ）
明石の君（あかしのきみ）
今上帝（きんじょうてい）
明石中宮（あかしのちゅうぐう）
女三の宮（おんなさんのみや）
四の君（よんのきみ）
落葉の宮（おちばのみや）
弘徽殿女御（こきでんのにょうご）
柏木（かしわぎ）
中将の君（ちゅうじょうのきみ）
薫（かおる）
女二の宮（おんなにのみや）
浮舟（うきふね）
匂宮（におうのみや）

一

帝に寵愛された桐壺更衣が皇子を生む

桐壺　きりつぼ

登場人物　桐壺帝　桐壺更衣　光源氏　藤壺　葵の上

多くの女御や更衣が後宮にいた時代に、帝（桐壺帝）がとりわけ寵愛する更衣（桐壺）がいました。桐壺は玉のように美しい皇子を生みましたが、ほかの女御や更衣が嫉妬して嫌がらせを続けたため、心労のあまり皇子が3歳のときに病死してしまいました。帝は皇子を大切に育てましたが、皇子の将来のことを考え、皇太子ではなく臣下にして「源」という姓を与えました。

3歳の皇子を残して桐壺更衣が亡くなる

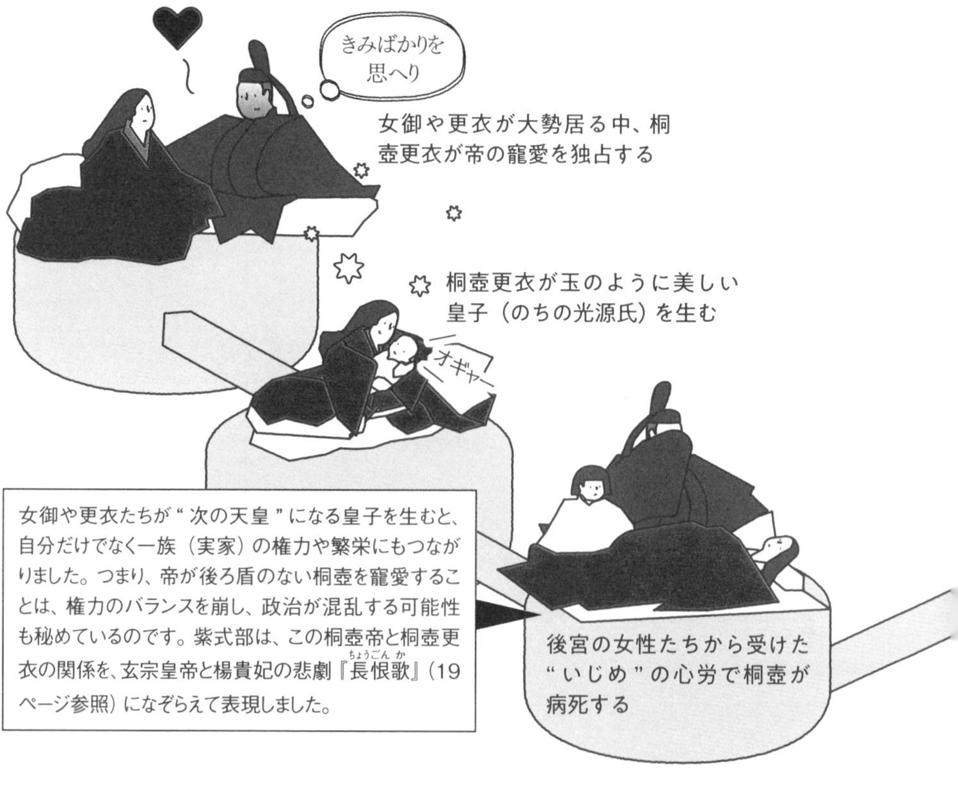
きみばかりを思へり
女御や更衣が大勢居る中、桐壺更衣が帝の寵愛を独占する
桐壺更衣が玉のように美しい皇子（のちの光源氏）を生む
オギャー
後宮の女性たちから受けた“いじめ”の心労で桐壺が病死する

女御や更衣たちが“次の天皇”になる皇子を生むと、自分だけでなく一族（実家）の権力や繁栄にもつながりました。つまり、帝が後ろ盾のない桐壺を寵愛することは、権力のバランスを崩し、政治が混乱する可能性も秘めているのです。紫式部は、この桐壺帝と桐壺更衣の関係を、玄宗皇帝と楊貴妃の悲劇『長恨歌』（19ページ参照）になぞらえて表現しました。

そののち、桐壺に生き写しと評判の先帝の四の君（藤壺）が入内し、ようやく帝の傷心もなぐさめられました。一方、光源氏も亡き母の面影を藤壺に求め、いつしか女性として思いを寄せるようになっていきました。やがて12歳になった源氏は元服し、左大臣の娘・葵の上と結婚しましたが、藤壺への思いは変わりませんでした。

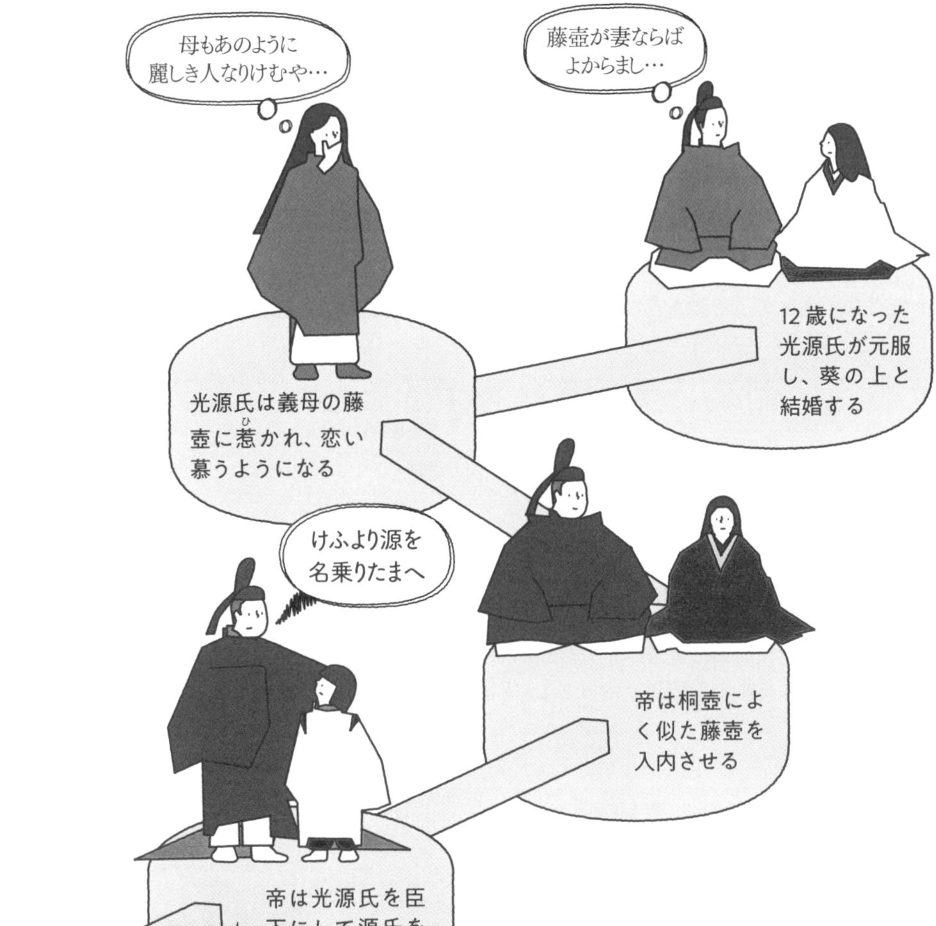
母もあのように
麗しき人なりけむや…
藤壺が妻ならば
よからまし…
光源氏は義母の藤壺に惹かれ、恋い慕うようになる
12歳になった光源氏が元服し、葵の上と結婚する
けふより源を
名乗りたまへ
帝は桐壺によく似た藤壺を入内させる
帝は光源氏を臣下にして源氏を名乗らせる

光源氏は、高麗から来朝した人相見から「帝位につくと国が乱れるが、重臣となって国政を補佐する人でもない」と予言されます。桐壺帝は、才能に満ちているが後ろ盾のない光源氏を親王（皇族の男子）のままにしておくと、世間の人から皇太子（皇位継承者）になるのではないかと疑われ、身に危険がおよぶかもしれないと考慮して、臣下にすることを決断しました。

二

四人の男たちが「雨夜の品定め」を繰り広げる

帚木　ははきぎ

登場人物　光源氏　頭中将　空蝉

五月雨の夜、物忌みで宮中にこもっていた光源氏のもとを、頭中将（葵の上の兄弟）が訪れました。二人で女性談義をしていると、左馬頭（馬を扱う役所の長官）と藤式部丞（藤原氏で式部省の三等官）も加わり、女性の品定めがはじまりました。恋愛経験豊富な左馬頭は、女性を上中下の三つの階級に分けて妻にすべき女を論じ、頭中将も「中流階級の女性が一番よい」としたうえで、子までもうけながら正妻からの嫉妬を受けて姿を消した女の話をしました。

雨夜に女性談義をする男たち

左馬頭と藤式部丞も加わり、女性の品定めで盛り上がる
光源氏のもとを頭中将が訪れ、女性談義がはじまる
「帚木」は「桐壺」から５年後の話で、光源氏は 17 歳になっています。ちなみに、この二つの帖の間には、光源氏と藤壺が最初に関係を持つ場面や、光源氏と六条御息所のなれそめなどが描かれた「幻の一帖」があったとする説もあります。
この夜の女性談義は「雨夜の品定め」と称せられたり

この談義で中流階級の女性に興味を持った光源氏は、翌日、方違え（※1）で紀伊守の邸を訪れました。邸には紀伊守の父・伊予介の若い後妻（空蝉）が居合わせており、空蝉の寝所を知った源氏は忍び込んで契りを交わしました。その後も空蝉のことが忘れられない源氏は、空蝉の弟・小君を手なずけて恋文を届けさせたものの、空蝉は源氏と会おうとはしませんでした。

※1 方違え…凶とされる方向を避けるため、前夜に別の方角へ行って泊まり、改めて目的地へ行くこと。陰陽道の方位による吉凶説から生じた風習。

「雨夜の品定め」で語られた経験談

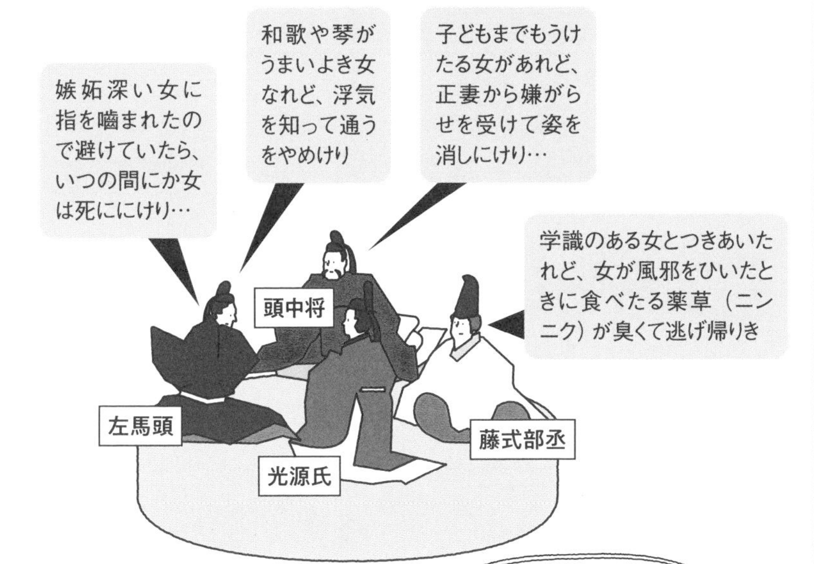

嫉妬深い女に指を噛まれたので避けていたら、いつの間にか女は死ににけり…
和歌や琴がうまいよき女なれど、浮気を知って通うをやめけり
子どもまでもうけたる女があれど、正妻から嫌がらせを受けて姿を消しにけり…
学識のある女とつきあいたれど、女が風邪をひいたときに食べたる薬草（ニンニク）が臭くて逃げ帰りき
頭中将
左馬頭
光源氏
藤式部丞

きみのことを思えり
人違いにこそはべるめれ
近づけば消えるという帚木（※2）のような人なり
光源氏は空蝉の弟に手引きさせて再び会おうとするが、空蝉は隠れてしまう

紀伊守の邸を訪れた光源氏は、人妻の空蝉と強引に契りを交わす

※2 帚木…信濃国（長野県）にあるとされる。遠くから見ると箒を立てたように見えるが、近づくと見えなくなるという伝説の木。

三

空蟬に逃げられその継娘と…

空蟬　うつせみ

登場人物　光源氏　空蟬　軒端荻

小君の手引きで再び紀伊守の邸を訪れた光源氏は、空蟬とその継娘・軒端荻（のきばのおぎ）が碁を打つ姿をのぞき見ました。その夜、源氏が寝所に忍び込むと、空蟬は着ていた小袿（こうちぎ）を脱ぎ捨てて逃げてしまいました。源氏は同じ寝所で寝ていた軒端荻が空蟬ではないと気づきましたが、言いつくろって契りを交わしたあと、空蟬の小袿を持ち帰りました。

光源氏の気まぐれで母娘の思いが乱れる

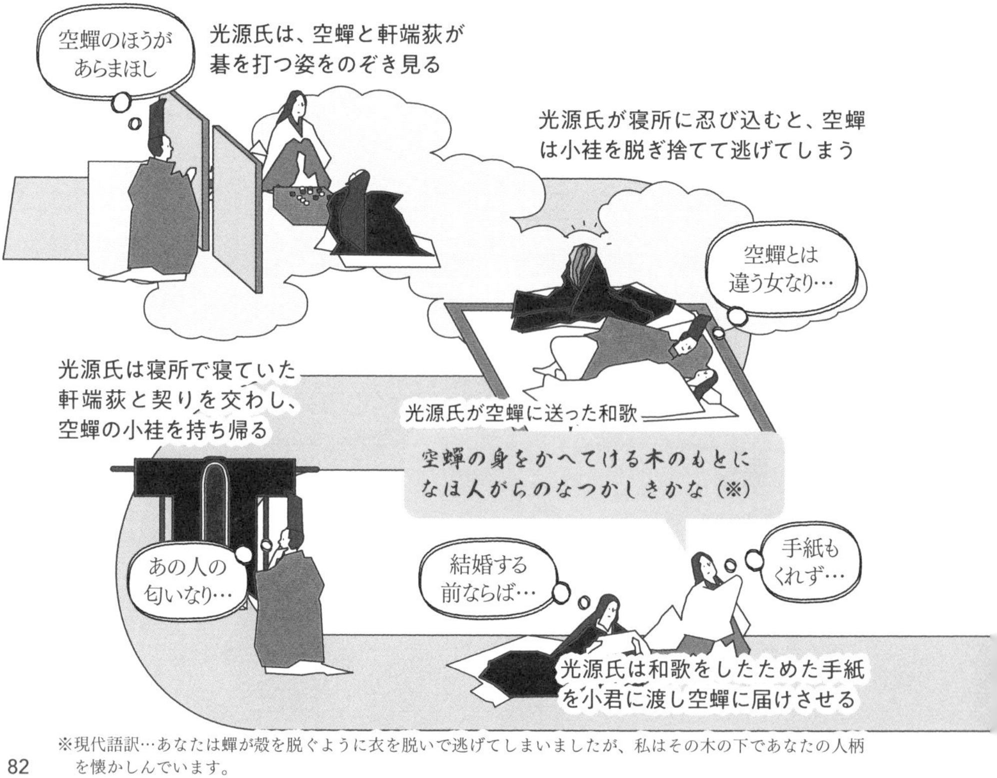
空蟬のほうが
あらまほし
光源氏は、空蟬と軒端荻が
碁を打つ姿をのぞき見る
光源氏が寝所に忍び込むと、空蟬
は小袿を脱ぎ捨てて逃げてしまう
空蟬とは
違う女なり…
光源氏は寝所で寝ていた
軒端荻と契りを交わし、
空蟬の小袿を持ち帰る
光源氏が空蟬に送った和歌
空蟬の身をかへてける木のもとに
なほ人がらのなつかしきかな（※）
あの人の
匂いなり…
結婚する
前ならば…
手紙も
くれず…
光源氏は和歌をしたためた手紙
を小君に渡し空蟬に届けさせる

※現代語訳…あなたは蟬が殻を脱ぐように衣を脱いで逃げてしまいましたが、私はその木の下であなたの人柄を懐かしんでいます。

四

“中流の女”との出会いと突然の別れ

夕顔　ゆうがお

登場人物　光源氏　夕顔

光源氏は、六条御息所（ろくじょうのみやすんどころ）の邸へ向かう途中に乳母（めのと）を見舞った際、隣の夕顔の花が咲く邸に住む女（夕顔）と出会いました。源氏は身分を隠して夕顔の家へ通ううちに、女が「雨夜の品定め」で頭中将が語っていた人であることに気づきました。ある日、源氏が近くの廃墟のような邸に夕顔を連れ出したところ、美しい女の物の怪（け）が現れて夕顔は急死してしまいました。

新たな出会いと三人の女たちとの別れ

物の怪は「私がいるのに、こんな女を可愛がるなんて」と恨みます。その正体は、六条御息所の生霊（いきりょう）ともいわれています。
軒端荻は蔵人少将と結婚し、空蝉は夫と伊予国に下る
生き返りたまへ
光源氏と夕顔の前に女の物の怪が現れ夕顔が急死する
過ぎにしも今日別るるも二道に行く方知らぬ秋の暮かな（※2）
夕顔は使用人の童女に和歌（※1）を書いた扇を持たせ、光源氏の随身（ずいじん）に渡します。当時、女性から先に男性に歌を送るのはまれなことでした。
さては頭中将の話せる女ならむや
光源氏は、夕顔がかつての頭中将と関係のあった女と気づく
光源氏は、夕顔の花が咲く邸の女と出会う

※1 和歌…「心あてにそれかとぞ見る白露の光そへたる夕顔の花」（現代語訳：噂に聞くあなた［光源氏］さまでありましょうか。あなたが美しいので、夕顔も美しく見えます）
※2 現代語訳…死んだ人も今日別れる人も、どこへ行くのか知れない秋の暮れだ。

五

『源氏物語』最大のヒロイン・紫の上が登場

若紫　わかむらさき

登場人物　光源氏　若紫　藤壺

熱病を患った光源氏は、祈禱（きとう）を受けるため北山（きたやま）の寺を訪れました。源氏があたりを散策していると、小柴垣（こしばがき）をめぐらした僧坊（そうぼう）（僧の住居）の中にいる女房や童女らの中に、藤壺によく似た 10 歳くらいの少女（若紫（わかむらさき））がいて、「犬君（いぬき）（若紫に仕える童女）が雀を逃がしてしまった」と悔しがっていました。源氏が少女の素性を聞くと、藤壺の姪（めい）だといいます。光源氏は「若紫を預かりたい」と申し出ましたが、まだ幼いからと断られてしまいました。

光源氏は藤壺とよく似た少女・若紫と出会う

かの少女が忘れられず。北山に手紙をやらむ
かの少女を引き取りて養育せむ
若紫（紫の上）が初登場するこの印象的な場面は「北山の垣間見」と称されています。この「北山」がどこかについては諸説あり、一説には鞍馬山といわれています。
帰京したのちも、光源氏は若紫のことが忘れられない
光源氏は若紫を預かりたいと頼むが、尼君から断られる
北山を訪れた光源氏は、藤壺によく似た少女を垣間見る

帰京してしばらくしたころ、光源氏は藤壺が病のため里邸に退出したことを知りました。そこで源氏は藤壺の侍女に取り入り、彼女に案内させて藤壺の寝所に忍び込みました。この日のできごとで藤壺は懐妊し、罪の意識に苦しみます。一方､若紫を養育していた尼君（若紫の祖母）が亡くなったことを知った源氏は、なかば強引に若紫を引き取って自邸の二条院に迎え入れました。

光源氏が盗むようにして若紫を引き取った背景には、若紫の亡母が、父（兵部卿宮）の正妻からいじめられていたという事情もあります。尼君も生前に、継母に若紫を預けることを不安に思っていて、光源氏もそれを知っていたのです。

いとかわゆし
北山の尼君が亡くなり、光源氏が若紫を強引に引き取る
この罪いかがせむ…
藤壺が懐妊。喜ぶ帝を見て、藤壺は罪の意識に苛まれる
帝の目の及ばぬところで思いを遂すべし
藤壺が里下がりし、光源氏は侍女に案内させて密通する

若紫と藤壺の関係

光源氏は若紫をはじめて見たとき、あまりにも藤壺に似たその姿に「涙ぞ落つる」ほどに感動。そしてそのあと、若紫が藤壺の姪であることを知ります。

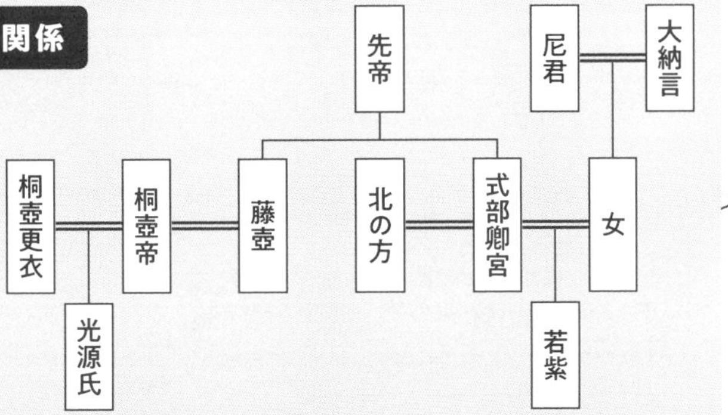

先帝
尼君
大納言
桐壺更衣
桐壺帝
藤壺
北の方
式部卿宮
女
光源氏
若紫

六　末摘花　すえつむはな

父亡きあと、一人でひっそりと暮らす姫君

登場人物　光源氏　末摘花

光源氏は、常陸宮の姫君（末摘花）が一人寂しく暮らしているという話を聞き、同じく姫君に興味を持った頭中将と競って手紙を送りましたが、返事はありませんでした。秋、源氏は末摘花の邸へ押しかけて一夜をともにします。しかし、まともな受け答えすらできない末摘花に落胆し、積極的に通うのをやめてしまいました。冬、末摘花のもとを訪れた源氏は、翌朝、その姿を見て驚きます。彼女は髪こそ美しいものの鼻が長く、先が真っ赤だったのです。

人柄はよいが容姿とセンスに恵まれぬ姫君

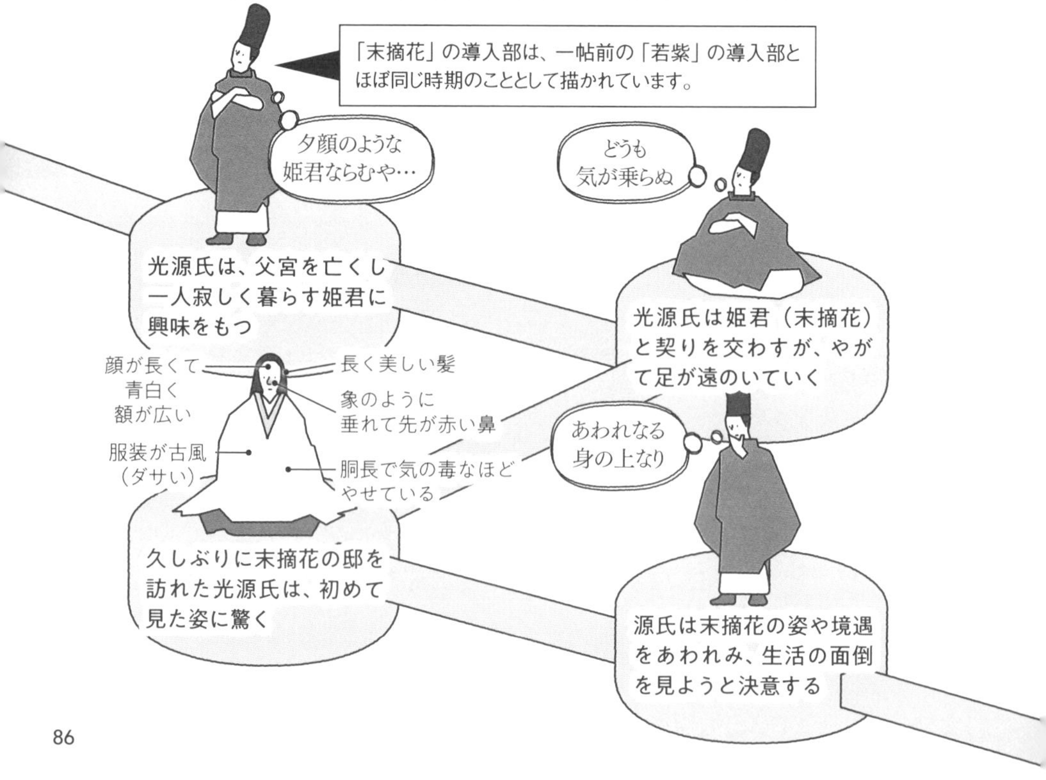
「末摘花」の導入部は、一帖前の「若紫」の導入部とほぼ同じ時期のこととして描かれています。
夕顔のような姫君ならむや…
光源氏は、父宮を亡くし一人寂しく暮らす姫君に興味をもつ
どうも気が乗らぬ
光源氏は姫君（末摘花）と契りを交わすが、やがて足が遠のいていく
顔が長くて青白く額が広い
長く美しい髪
象のように垂れて先が赤い鼻
服装が古風（ダサい）
胴長で気の毒なほどやせている
あわれなる身の上なり
久しぶりに末摘花の邸を訪れた光源氏は、初めて見た姿に驚く
源氏は末摘花の姿や境遇をあわれみ、生活の面倒を見ようと決意する

七

藤壺が源氏にそっくりな皇子を生む

紅葉賀　もみじのが

登場人物　光源氏　頭中将　藤壺

同じ年の10月、桐壺帝の朱雀院行幸に先立って試楽（予行練習）が催され、光源氏は頭中将とともに「青海波」を舞いました。その美しさは人々に賞賛され、桐壺帝は涙を拭うほどでしたが、藤壺は源氏との過ちを思い返し苦悩します。2月、予定より2カ月ほど遅く藤壺が源氏に瓜二つの皇子を出産しました。なんの疑いもなく喜ぶ桐壺帝を前にして、藤壺と源氏は罪の意識に苛まれます。7月、藤壺は東宮の母である弘徽殿女御を超えて中宮となりました。

桐壺帝の寵姫・藤壺が光源氏の子を生む

青海波は、二人の楽人が袖を振りながら舞う優美な舞楽。試楽のあとの朱雀院行幸の場面でも、紅葉の散る中で美しい装束を着て舞う光源氏の姿が印象的に描かれています。
あな口惜し
弘徽殿女御
行幸の試楽において、光源氏は頭中将とともに「青海波」を舞い人々から賞賛される
桐壺帝が藤壺を中宮にし、光源氏も宰相に昇進する
さても麗しき皇子なり
あら、よき男
桐壺帝が譲位して東宮（皇太子）が即位すれば、その母の弘徽殿女御とその実家の右大臣家の勢力が増します。そこで桐壺帝は藤壺を高位（中宮）につけ、バランスを保とうとしたのです。
藤壺が光源氏に瓜二つの皇子を出産。桐壺帝が皇子を寵愛する
光源氏は好色な老女官・源典侍に迫られ一夜をともにする

八

光源氏の凋落を予感させる朧月夜との出会い

花宴　はなのえん

登場人物　光源氏　朧月夜

紅葉賀のあった翌年の二月、宮中で桜花の宴が催されました。光源氏は兄の東宮に所望されて漢詩と舞を披露し、人々の賞賛の的となりました。宴のあと、源氏は酔い心地のまま藤壺の御殿へと近づきますが、戸口は固く閉ざされて静まりかえっています。このまま帰るのは癪（しゃく）と思った源氏が弘徽殿に立ち寄ると、「朧月夜（おぼろづきよ）に似るものぞなき」と口ずさみながら女がやって来ました。

人々から称賛され調子に乗る光源氏

桜花の宴は、宮中の紫宸殿（ししんでん）に植えられた「左近の桜」を楽しむ儀式のこと。催されたのは旧暦の二月二十余日で、ちょうど現在の三月下旬ころなので桜の見ごろです。
右大臣家出身の弘徽殿女御は、自身が生んだ東宮よりも美しく優秀な光源氏に敵対心を抱いています。つまり、光源氏は弘徽殿に居合わせた女性が敵対する家の娘であることをわかったうえで関係を持ったのです。
今宵の証拠として扇を交換せむ
酔った光源氏が弘徽殿にいた高貴な女と契りを交わす
桜花の宴で光源氏が詩と舞を披露し、人々から賞賛される源氏が女の袖をつかむと驚いて人を呼ぼうとしたので、源氏は「私は何をしても許される身なので、お静かに」とささやきました。女は男が誰であるかを悟ったのか、心を許したようです。この夜、二人は契りを交わしたあと、扇を交換して別れました。源氏は、女が誰だったのか知らぬまま「東宮に入内するという右大臣の六女かもしれない」と考えます。三月下旬、右大臣の邸で催される藤の花の宴に招かれた源氏は、花宴の夜の女（朧月夜）と再会しました。

敵対関係にある右大臣家に光源氏が招かれたのは、「紅葉賀」で描かれた試楽や行幸、さらに二月の桜花の宴で人々の賞賛を浴びた源氏が、有力者の宴には欠かせない人気者であったことを示しています。
光源氏は、この夜出会った女性について「まだ男性を知らない様子だったので右大臣家の五の君（五女）か六の君（六女）だろうが、帥宮（源氏の弟の蛍兵部卿宮）の北の方（正妻）や頭中将がめとった四の君（四女）だったらもっとおもしろかったのに」などと不遜なことを考えます。
扇を取りしは誰ならむ
東宮に入内すという六の君ならば気の毒なことをしてけり
約１カ月後、右大臣家で催された藤の花宴で光源氏は朧月夜と再会する
光源氏は花宴の夜に出会った女性が誰なのか思いをめぐらす
光源氏にとってはいつもの恋愛の一つなれど、この朧月夜との関係が発覚したのち、光源氏は窮地に追い込まれゆく

九

物の怪が身重の葵の上を悩ませる

葵　あおい

登場人物　六条御息所　葵の上　光源氏　紫の上

桜花の宴より2年後、桐壺帝が譲位して、弘徽殿女御を母とする朱雀帝が即位、藤壺が生んだ皇子が新東宮になりました。そのころ、皇太后（前・弘徽殿女御）が生んだ女三の宮が賀茂の斎院になることになり、その御禊行列に光源氏も供奉することになりました。源氏との関係が冷めつつある六条御息所は、せめてひと目でも源氏の姿を見ようと、お忍びで牛車を出しました。

「車争い」が発端となった悲しき物の怪譚

新しい斎院の御禊行列に光源氏が供奉することになり人々が押しかける
御禊とは、賀茂川で執り行われる禊（体を洗い清める神事）のこと。光源氏がその行列に加わることを知った都の人々は、その美しい姿をひと目見ようと押しかけて大混雑になりました。
「車争い」と呼ばれる場面。大臣の娘で元東宮妃の六条御息所は、決して低い身分ではありません。その六条御息所が多くの見物人の前で、思い慕う光源氏の正妻から恥をかかされたことで、恨みを募らせます。
六条御息所の牛車が、葵の上一行によって押しのけられて壊されるところが、六条御息所の牛車は、あとから来た光源氏の正妻・葵の上一行の牛車に押しのけられて壊れてしまい、御息所は悔しさに涙しながら源氏の姿を見ることに。その後、身重の葵の上は物の怪に悩まされるようになり、源氏は、物の怪の正体が六条御息所であることを知り驚愕します。葵の上は、男児（夕霧）を生んだのちに急逝。源氏は、葵の上の実家である左大臣邸で喪に服したあと自邸の二条院に戻り、美しく成長した紫の上と結婚しました。

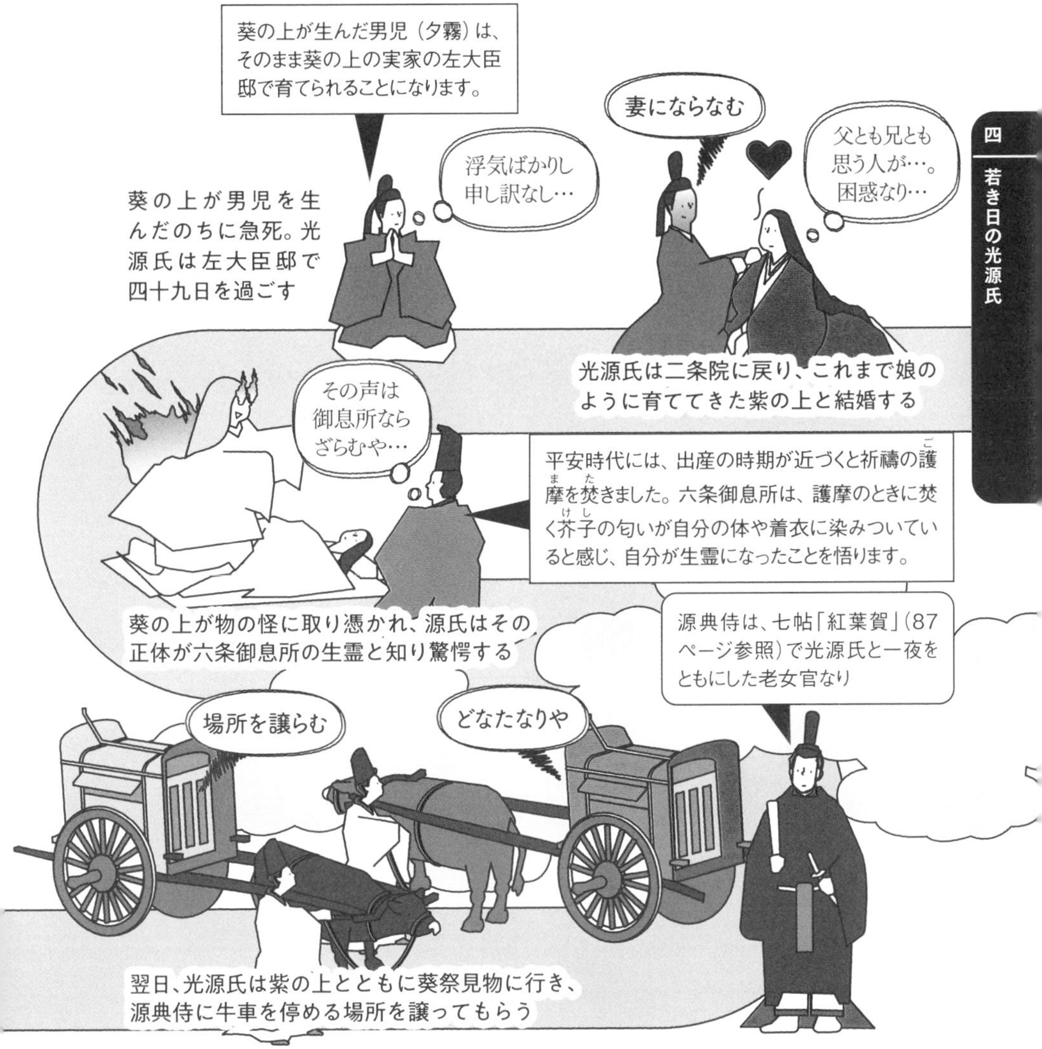

葵の上が生んだ男児（夕霧）は、そのまま葵の上の実家の左大臣邸で育てられることになります。
浮気ばかりし申し訳なし…
葵の上が男児を生んだのちに急死。光源氏は左大臣邸で四十九日を過ごす
妻にならなむ
父とも兄とも思う人が…。困惑なり…
光源氏は二条院に戻り、これまで娘のように育ててきた紫の上と結婚する
その声は御息所ならざらむや…
平安時代には、出産の時期が近づくと祈禱の護摩を焚きました。六条御息所は、護摩のときに焚く芥子の匂いが自分の体や着衣に染みついていると感じ、自分が生霊になったことを悟ります。
葵の上が物の怪に取り憑かれ、源氏はその正体が六条御息所の生霊と知り驚愕する
源典侍は、七帖「紅葉賀」（87ページ参照）で光源氏と一夜をともにした老女官なり
場所を譲らむ
どなたなりや
翌日、光源氏は紫の上とともに葵祭見物に行き、源典侍に牛車を停める場所を譲ってもらう

十

六条御息所との別れと危険な密会

賢木　さかき

登場人物　光源氏　六条御息所　藤壺　朧月夜

光源氏は、斎宮（※1）に選ばれた娘とともに野宮にいた六条御息所のもとを訪ね、別れのひとときを過ごしました。十一月、桐壺院が崩御。源氏は藤壺に言い寄りますが、藤壺は息子の東宮を守るためにもよからぬ噂が立ってはいけないと考えて拒絶し、出家してしまいました。また、朧月夜は尚侍として後宮に上がり朱雀帝の寵愛を受けますが、体調を崩して里下がりしたときに源氏と密会していたところを、右大臣に見つかってしまいます。

懲りない光源氏、またも帝の寵姫と密通する

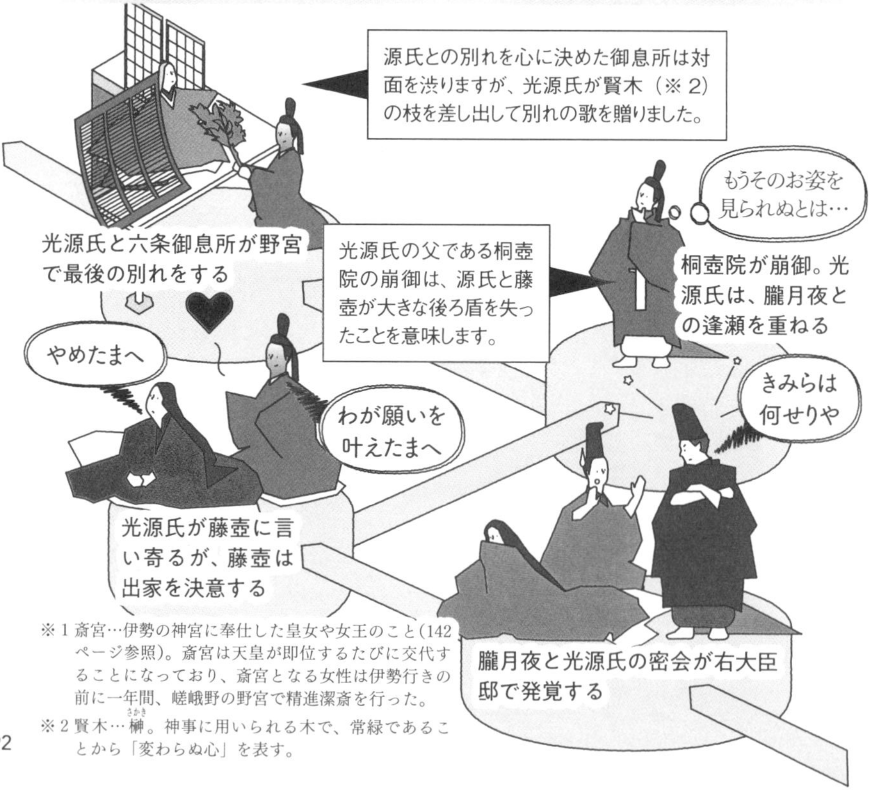
源氏との別れを心に決めた御息所は対面を渋りますが、光源氏が賢木（※2）の枝を差し出して別れの歌を贈りました。
光源氏と六条御息所が野宮で最後の別れをする
光源氏の父である桐壺院の崩御は、源氏と藤壺が大きな後ろ盾を失ったことを意味します。
もうそのお姿を見られぬとは…
桐壺院が崩御。光源氏は、朧月夜との逢瀬を重ねる
やめたまへ
わが願いを叶えたまへ
きみらは何せりや
光源氏が藤壺に言い寄るが、藤壺は出家を決意する
朧月夜と光源氏の密会が右大臣邸で発覚する

※1 斎宮…伊勢の神宮に奉仕した皇女や女王のこと（142ページ参照）。斎宮は天皇が即位するたびに交代することになっており、斎宮となる女性は伊勢行きの前に一年間、嵯峨野の野宮で精進潔斎を行った。
※2 賢木…榊。神事に用いられる木で、常緑であることから「変わらぬ心」を表す。

十一

旧知の女御と昔を懐かしく語り合う

花散里　はなちるさと

登場人物　光源氏　麗景殿女御　花散里

光源氏は、父の桐壺帝の妃だった人で、今は源氏の庇護を受けてひっそりと暮らす麗景殿女御を訪ねます。女御と一緒に暮らす妹の三の宮(花散里)と源氏は、かつて恋愛関係にありました。訪問の途中、源氏は過去に関係のあった女の邸を見つけて歌を送りましたが、やんわりと拒絶されてしまいます。麗景殿女御の邸では、源氏と女御は昔のことを語り合って懐かしみ、和歌を詠み交わしました。そして夜、源氏は花散里の部屋を訪れました。

待ち続けた女を、さらに待たせる光源氏

懐かしき女の家なり
麗景殿女御の邸を訪れる途中、源氏は中川のあたりで女に和歌を送る
橘の香をなつかしみほととぎす花散る里を訪ねてぞとふ(※1)
麗景殿女御の邸で源氏と女御は昔のことを語り合い、和歌を交わす
人目なく荒れたる宿は橘の花こそ軒のつまとなりけれ(※2)
われが来るの待てり?
焦らしたるなりや…
夜になってからようやく、源氏は女御の妹・花散里の部屋を訪ねる

※1 現代語訳…昔のことを思い起こさせる橘の香りが懐かしくて、ほととぎすが花の散るこの邸を訪ねてきました。

※2 現代語訳…すっかり荒れてしまったこの邸では、軒端に咲いた懐かしい橘の花だけがあなたが訪れるよすがとなりました。

十二

光源氏、官位を奪われ都落ちする

須磨　すま

登場人物　光源氏　明石入道　宰相（頭中将）

朧月夜との密会の件で、光源氏は左大臣方から糾弾され官位を剥奪されました。東宮に危難がおよぶことを恐れた源氏は、流罪となる前に自ら須磨へ行くことを決意します。八月、須磨で十五夜の月を見た源氏は、宮中での生活に思いを馳せました。一方、明石入道は源氏が須磨にいると聞き、娘と結婚させたいと願います。翌年二月、宰相（頭中将）が訪ねてきて源氏を慰めました。三月、源氏が海辺で禊をしていると、突然暴風雨に襲われました。

須磨での生活と宰相（頭中将）の友情

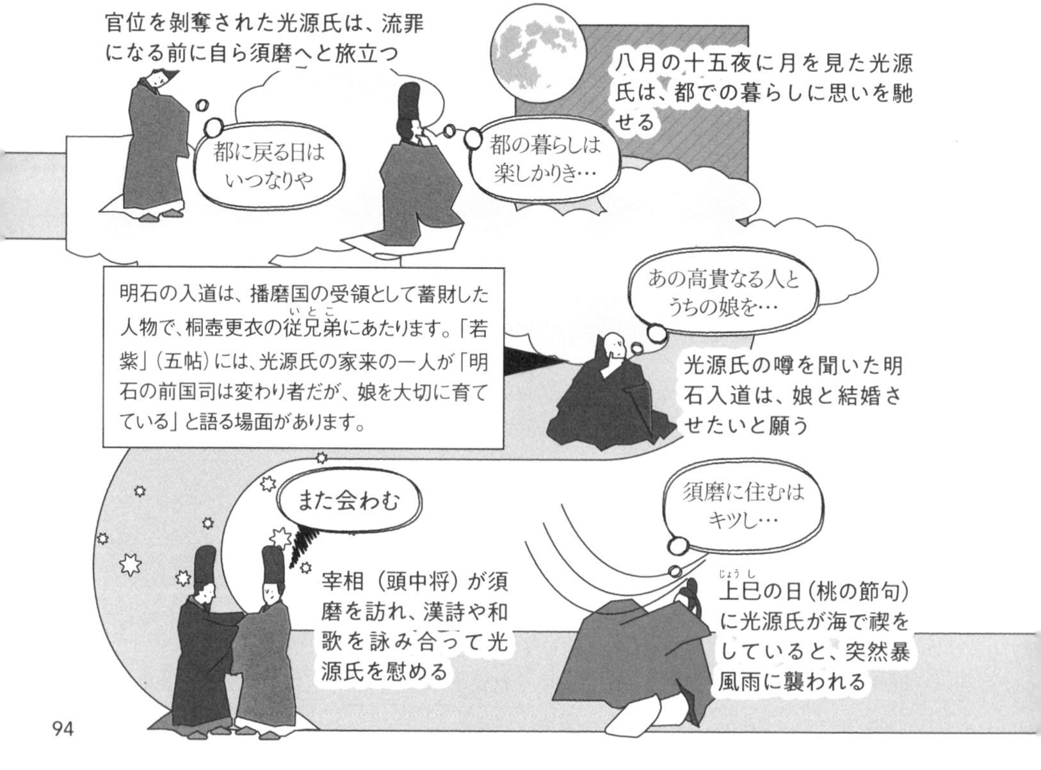
官位を剥奪された光源氏は、流罪になる前に自ら須磨へと旅立つ
都に戻る日はいつなりや
都の暮らしは楽しかりき…
八月の十五夜に月を見た光源氏は、都での暮らしに思いを馳せる
明石の入道は、播磨国の受領として蓄財した人物で、桐壺更衣の従兄弟にあたります。「若紫」（五帖）には、光源氏の家来の一人が「明石の前国司は変わり者だが、娘を大切に育てている」と語る場面があります。
あの高貴なる人とうちの娘を…
光源氏の噂を聞いた明石入道は、娘と結婚させたいと願う
また会わむ
宰相（頭中将）が須磨を訪れ、漢詩や和歌を詠み合って光源氏を慰める
須磨に住むはキツし…
上巳の日（桃の節句）に光源氏が海で禊をしていると、突然暴風雨に襲われる

十三

光源氏、身分差のある明石の君と結婚

明石　あかし

登場人物　光源氏　明石入道　明石の君

暴風雨はやまず、光源氏の邸には落雷があり一部が焼けてしまいました。その夜、桐壺院の霊が源氏の夢に現れ「須磨の浦を去れ」と告げました。同じく夢でお告げを受けていた明石入道が船で迎えに来たため、源氏は明石で暮らしはじめます。その後、明石入道の願いどおり、娘（明石の君）と源氏が結ばれました。一方、都では不幸なできごとが続き、その原因を桐壺院の遺言に背いて源氏を冷遇しているためと考えた朱雀帝は、源氏に帰京を命じました。

桐壺院が夢に現れ、光源氏に運が向きはじめる

桐壺院の遺言を守らざりしためなり…
昔の恨みは忘れたまへ
都では朱雀帝が病に苦しみ、太政大臣（右大臣）が死ぬ
げに我を愛したまふか？
明石から帰京した光源氏は権大納言に昇進する
明石の君は最初、自分と光源氏との身分があまりにも違うため、やがて見向きもされなくなると考え源氏の誘いに乗ろうとはしませんでした。
明石の君が源氏を受け入れて結婚し、懐妊する
光源氏は明石入道の娘に手紙を送るが、返事がこない
桐壺院が光源氏の夢に現れ須磨の浦を去れと告げる
気位の高き女なり

COLUMN 4

平安貴族が使用した乗り物

平安貴族にとっても車はステイタスだった

平安貴族は外出するときに自分の足で歩くことはまれで、牛車に乗って移動するのが一般的でした。牛車とは、文字どおり牛に引かせる車で、乗る人の身分や目的ごとにさまざまな種類がありました。貴族が牛車で移動する際は、随身（従者）や舎人、牛飼童といった複数人（多い場合は 20 ～ 30 人程度）のお供が付き添いました。

棟
軒格子
簾
牛車には後ろから乗り、前から降りき
物見窓
鴟尾
轂
前板
轅
車輪
輻

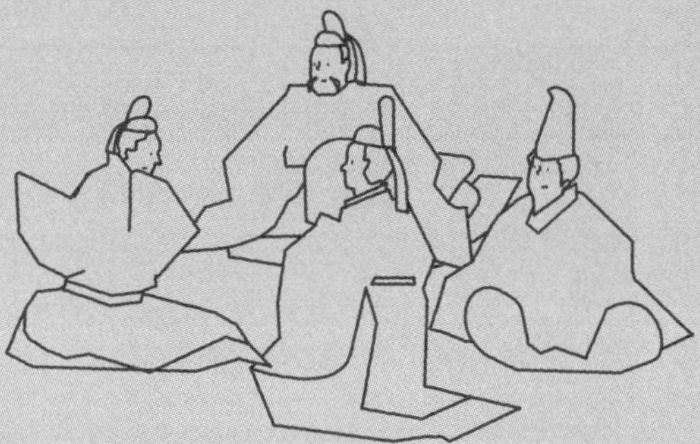

第五章

54 帖を一気に解説！　その二（第一部後半）

栄華を極める光源氏

都落ちののち宮廷に返り咲いた光源氏は、
壮年を迎えて出世の階段を昇り、
さらなる女性遍歴を重ねていきます。
光る君の 28 歳から 39 歳までの物語です。

十四　光源氏が明石から帰京し内大臣となる

澪標　みおつくし

登場人物　光源氏　冷泉帝　明石の君　紫の上　六条御息所

帰京した年の十月、光源氏は桐壺帝の法要を営みました。翌年二月、東宮が冷泉帝として即位し、源氏は内大臣となりました。三月には明石の君が女児（明石の姫君）を出産。宿曜（占星術）によると、姫君は将来皇后になるといいます。源氏は、自ら乳母を選んで明石に遣わし、祝いの品々を届けました。また、源氏は忙しいなか花散里のもとを訪れ、朧月夜にも誘いをかけました。

光源氏が六条御息所の娘の後見を託される

光源氏と藤壺の子である冷泉帝が即位。葵の上の父・左大臣も摂政太政大臣となり、源氏方の人々が勢力を盛り返しました。
ずいぶんと明石の君にご執心にて、われなど蚊帳の外なりや…
朧月夜のことも諦めがたし…
光源氏、懲りずに幅広い恋愛関係を楽しもうとする
明石の君が女児を出産。紫の上が嫉妬する
朱雀帝が譲位し冷泉帝が即位、光源氏は内大臣となる
光源氏は、忙しい公務の合間を縫って花散里のもとを訪れ、筑紫の五節（※）のことを気に掛けます。また、あろうことか都落ちの原因となった朧月夜に誘いをかけますが、朧月夜は懲りたのか相手にしようとしませんでした。

※筑紫の五節…太宰大弐の娘。五節の君。五節の舞姫（39ページ参照）を務めた際に光源氏と関係を持った女性のようだが、作中に関係を持った場面は描かれておらず、光源氏の回想や手紙のやりとりといった形でのみ登場する。

秋、源氏は帰京できたお礼参りのため住吉明神に参詣しました。そこに偶然、明石の君の一行も来合わせましたが、明石の君は源氏の行列の立派さに身分差を痛感し、会うことなく引き返してしまいました。一方、六条御息所は斎宮の交代があり前斎宮である娘とともに伊勢から帰京しましたが、病を患い出家。御息所は、見舞いに訪れた源氏に娘を託して亡くなりました。

六条御息所の娘には朱雀院から入内要請がありましたが、光源氏は冷泉帝の後宮に入内させようと考えて断っています。この前斎宮はのちに入内し、斎宮女御、梅壺女御、秋好中宮などと呼ばれます。
光源氏、六条御息所から娘の前斎宮の後見を託される
光源氏、帰京のお礼参りとして住吉明神を詣でる
権中納言（頭中将）の娘が冷泉帝の後宮に入内する
住吉明神とは現在の住吉大社のこと、光源氏は「明石」の帖で人生のどん底にあったとき、住吉明神に祈ったことで人生が好転しゆきけり
このとき、紫の上の父・式部卿宮も次女を入内させたがっていましたが、光源氏が右大臣家に糾弾されたときに式部卿宮は冷淡な態度を示していたため、光源氏は式部卿宮に冷たく接し、後宮への推薦を行いませんでした。

十五

光源氏、忘れていた末摘花を思い出す

蓬生　よもぎう

登場人物　光源氏　末摘花

光源氏が須磨で嘆き暮らしていたころ、都でも嘆いている女性がたくさんおり、なかでも源氏の庇護だけを頼りにしていた末摘花（すえつむはな）は大変な困窮ぶりでした。帰京後、源氏は花散里の邸へ行く途中で荒れ果てた邸の前を通り、ようやく末摘花のことを思い出します。家来を使いに立たせたところ、末摘花は心変わりすることなく源氏を待ち続けていました。心打たれた源氏は庇護を約束。その後、末摘花は源氏の二条東院に引き取られ、平穏に暮らしました。

光源氏を待ち続けた末摘花の物語

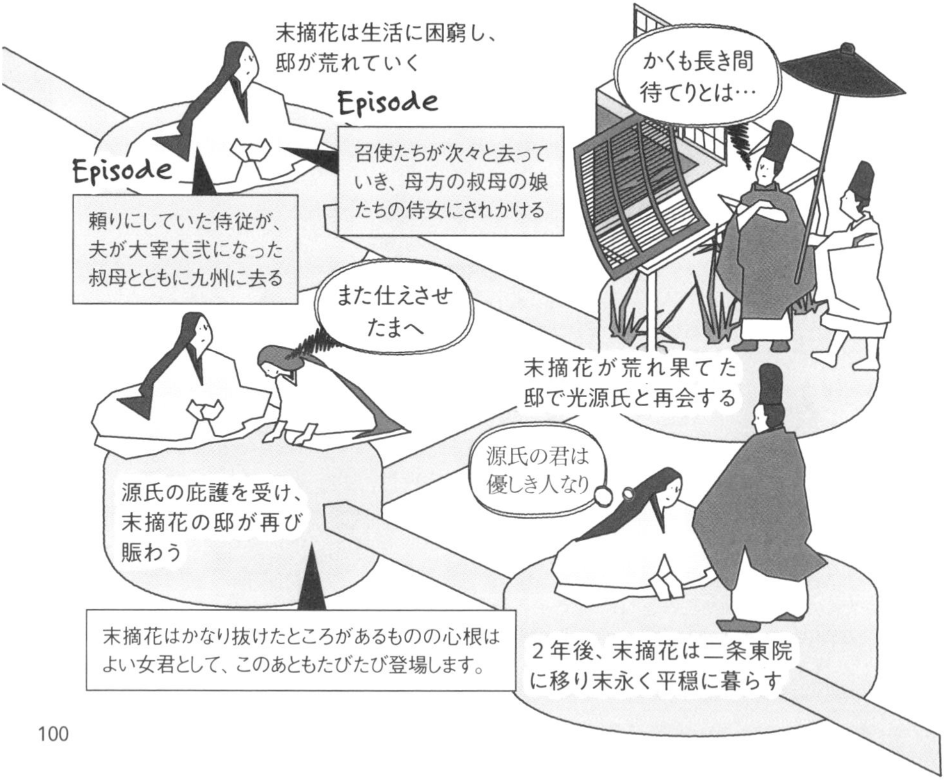
末摘花は生活に困窮し、
邸が荒れていく
Episode
召使たちが次々と去っていき、母方の叔母の娘たちの侍女にされかける
Episode
頼りにしていた侍従が、夫が大宰大弐になった叔母とともに九州に去る
また仕えさせたまへ
かくも長き間待てりとは…
末摘花が荒れ果てた邸で光源氏と再会する
源氏の君は優しき人なり
源氏の庇護を受け、末摘花の邸が再び賑わう
末摘花はかなり抜けたところがあるものの心根はよい女君として、このあともたびたび登場します。
2年後、末摘花は二条東院に移り末永く平穏に暮らす

十六

かつて一夜をともにした空蝉との邂逅（かいこう）

関屋　せきや

登場人物　光源氏　空蝉

長らく夫の赴任地の東国に下っていた空蝉（うつせみ）は、任期を終えた夫とともに帰京の途次にありました。逢坂（おうさか）の関にさしかかったころ、空蝉の一行は石山寺（いしやまでら）参詣に向かう光源氏の一行とすれ違います。源氏は、右衛門左（うえもんのすけ）（かつての小君（こぎみ））を呼んで空蝉への伝言を託し、石山寺から帰る日も、右衛門左に空蝉への手紙を託しました。その後、夫が亡くなり、継子の河内守（かわちのかみ）（もとの紀伊守（きいのかみ））に言い寄られた空蝉は、世をはかなんで出家してしまいました。

互いに慕いながらすれ違う光源氏と空蝉

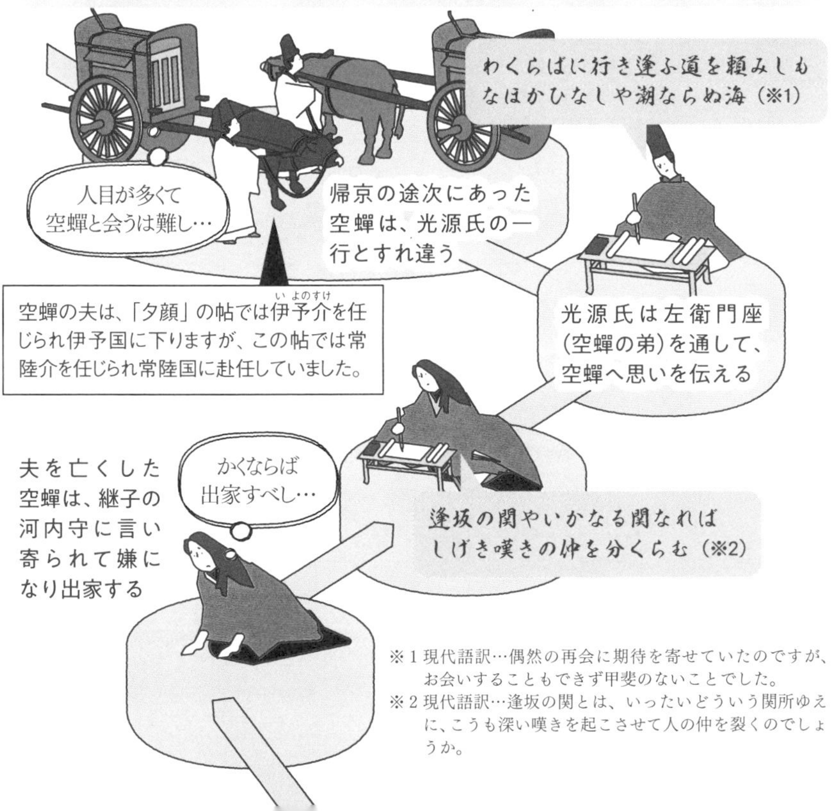

わくらばに行き逢ふ道を頼みしも
なほかひなしや潮ならぬ海（※1）
人目が多くて
空蝉と会うは難し…
帰京の途次にあった
空蝉は、光源氏の一
行とすれ違う
空蝉の夫は、「夕顔」の帖では伊予介（いよのすけ）を任じられ伊予国に下りますが、この帖では常陸介を任じられ常陸国に赴任していました。
光源氏は左衛門座
（空蝉の弟）を通して、
空蝉へ思いを伝える
夫を亡くした
空蝉は、継子の
河内守に言い
寄られて嫌に
なり出家する
かくならば
出家すべし…
逢坂の関やいかなる関なれば
しげき嘆きの仲を分くらむ（※2）

※１現代語訳…偶然の再会に期待を寄せていたのですが、お会いすることもできず甲斐のないことでした。
※２現代語訳…逢坂の関とは、いったいどういう関所ゆえに、こうも深い嘆きを起こさせて人の仲を裂くのでしょうか。

十七

冷泉帝の御前にて絵合が催される

絵合　えあわせ

登場人物　光源氏　斎宮女御　権中納言（頭中将）　弘徽殿女御

六条御息所の娘で、光源氏が養女とした前斎宮（ぜんさいぐう）は、冷泉帝の後宮に入内して梅壺（うめつぼ）を賜りました。権中納言（頭中将）は、いずれ帝の后にと考えて娘の弘徽殿（こきでん）女御（※）を先に入内させていたので、心穏やかではありません。帝と弘徽殿女御は年が近いこともあり仲睦まじい様子でしたが、年上ながら絵が上手な斎宮女御（さいぐうのにょうご）（前斎宮）も、絵を好む帝の心を次第に惹（ひ）きつけていきました。

光源氏の養女と権中納言の娘が帝の寵を競う

斎宮女御が冷泉帝の後宮に入内する
実は、譲位した朱雀院は在位時から斎宮女御に好意を抱いており、冷泉帝への入内を残念がりつつも豪華な祝いの品を贈りました。
後宮では弘徽殿女御が寵愛を受けていたが、絵が上手な斎宮女御が、徐々に帝の心を惹きつける
かしこき絵かな
いと口惜し帝を返したまへ
高名な絵師どもに新作を描かせむ
古風だが評価の定まりし絵を斎宮女御に渡さむ
焦った権中納言は、高名な絵師に描かせた絵の数々を娘に渡す
対抗して光源氏も秘蔵の絵画を選り分けて斎宮女御に与える

焦った権中納言は、有名な絵師に描かせた絵を弘徽殿女御に渡し、源氏も対抗して秘蔵の絵を斎宮女御に与えました。こうして後宮内での絵画熱が高まった結果、藤壺（ふじつぼ）の御前で物語絵合が行われましたが、優劣がつきません。そこで、改めて冷泉帝の御前での絵合で決着をつけることになりました。当日の絵合は白熱し、決着のつかぬまま夜を迎えました。しかし、最後に源氏が須磨の絵日記を出したところ、皆が感動して斎宮女御方の勝利となりました。

絵合は、物合（ものあわせ）（74ページ参照）を絵で行うものなり。実は『源氏物語』以前に絵合が催された記録はなく、『源氏物語』をきっかけに宮廷で行われるようになったとも考えられたり
このとき、朱雀院は秘蔵の年中行事の絵を斎宮女御に贈り、弘徽殿女御へは弘徽殿太后や朧月夜尚侍から多くの絵が贈られましたが、もっとも皆の心を打ったのは光源氏のリアルドキュメント（日記）でした。
嵯峨野に御堂を建てて出家の準備せむ
光源氏は自らの栄華を実感するも、はかなさも感じ出家を考える
冷泉帝の御前での絵合が催され、光源氏の絵日記が勝敗を決する
藤壺の御前で絵合が行われるが、決着がつかない
斎宮女御方は古風な『竹取物語』や『伊勢物語』の物語絵を出し、弘徽殿女御方は今風の『宇津保物語』の物語絵を出しますが、この絵合では優劣を決することができませんでした。

※弘徽殿女御…朱雀帝の母である右大臣家の弘徽殿女御（この時点では皇太后［弘徽殿太后］）とは別人。

十八

明石の姫君と再会し、娘と対面する

松風　まつかぜ

登場人物　光源氏　花散里　明石の君　明石入道　紫の上　明石の姫君

二条東院が完成し、光源氏は西の対に花散里を迎えました。東の対には明石の君を迎えるつもりでしたが、明石の君は身分の低さを気にして決心がつきません。そこで明石入道は、京都の大堰川のほとりにある親戚の別邸を改修して、明石の君と母の尼君を住まわせることにしました。源氏は久しぶりに明石の君と再会し、はじめて自分の娘（明石の姫君）と対面。姫君のためには手元で育てたほうがよいと考えた源氏は、紫の上に姫君の養育を依頼しました。

明石の君が自分の身分の低さを気に病む

明石の君は、二条東院で暮らすことに不安を感じる
身分の低い田舎者がいかに都で暮らしゆくべきか…
入道は明石に残るため、家族がバラバラに。このとき、明石入道は「自分が死んだと聞いても心を動かすな」と、並々ならぬ覚悟で娘を送り出します。
明石入道が京都郊外の邸を改修し明石の君を住まわせる
もはや父と会ふことはあらざらむ…
明石の君と再会した源氏は、娘の可愛さにデレデレになる
光源氏は、「左大臣家の子が美しいと世間では評判だが、それは権勢に目がくらんで誤った評価をしているだけ。この子こそ真の美人になる」と、わざわざ他家の子と比べてわが子を持ち上げるという性格の悪さを発揮します。
いかに美しき子かしら
ワクワク
光源氏が紫の上に、姫君を養女として育ててほしいと相談

十九

冷泉帝が自分の出生の秘密を知る

薄雲　うすぐも

登場人物　光源氏　紫の上　明石の姫君　藤壺　冷泉帝

明石の君は、母の尼君の助言もあり、娘（明石の姫君）を手放す決心をします。二条院に迎えられた姫君は、しばらくすると紫の上にも懐き、袴着（はかまぎ）の儀（※）も行われました。年が明けると太上大臣が亡くなり、三月には藤壺が崩御。藤壺の四十九日が過ぎたころ、冷泉帝は藤壺が帰依していた高僧から、自らの出生の秘密を明かされます。冷泉帝は、相次ぐ不幸や天変地異は自分の親不孝が原因と考えて光源氏に譲位の意向を示しますが、源氏は固辞しました。

最愛の人・藤壺が死に、帝が真実を知る

帝にならずや
あるまじきことなり
冷泉帝が光源氏に譲位の意向を伝え、源氏が固辞する
われの思ひ受け止めたまえ
それは無理なり…
光源氏が里下がりした斎宮女御に恋心をほのめかす
そはまことか!?
実は…
冷泉帝は、実の父が光源氏であることを知る
明石の君の娘（明石の姫君）が二条院に引き取られる
一緒に乗らむ
ううっ
わが青春は終わりけり
年が明けて太上大臣が亡くなり、三月に藤壺が崩御する

二十

光源氏、朝顔の姫君への思いが募る

朝顔　あさがお

登場人物　光源氏　朝顔の姫君　紫の上

桐壺帝の弟の桃園式部卿宮（ももぞのしきぶきょうのみや）が亡くなったため、娘の朝顔（あさがお）の姫君（ひめぎみ）は喪に服すため斎院を退き、父宮の旧邸・桃園宮（ももぞののみや）に移りました。以前から朝顔の姫君に好意を抱いていた光源氏は、姫君とともに暮らす叔母・女五の宮（おんなごのみや）の見舞いにかこつけて桃園宮を訪れ、朝顔の姫君に言い寄りますが相手にされません。それでも源氏が熱心に桃園宮を訪れていたため、それが世間の噂になり、「朝顔の姫君こそ源氏の正妻にふさわしい」との評判まで広がりはじめました。

光源氏の求愛を拒み続けた朝顔の姫君

斎院を退いた朝顔の姫君に光源氏が言い寄る
きみの恋しきなり…
紫の上と朝顔の姫君はどちらも親王の姫君ですが、父親に大切にされなかった自分に比べ、朝顔の姫君は父宮に大切に育てられ、斎院という名誉ある職も経験しています。そのため、紫の上は今の自分の立場が奪われ、笑い者になるのではないかと懸念しました
朝顔の姫君は、光源氏が10代のころから恋心を訴えてきた相手で、「帚木」(二帖)にもその名が登場。光源氏の求愛を拒み続けた唯一の女性ともいわれり
邸に帰らず一人にさすとは…
光源氏の朝顔の姫君への恋情が世間の噂となり、紫の上が嫉妬

朝顔の姫君に相手にされないまま二条院に戻った源氏は、嫉妬する紫の上をなだめます。積雪を月の光が照らす夜、源氏は童女たちに雪まぼろし（※1）をさせながら、紫の上に藤壺との思い出を語り、これまで関係のあった女性たちの人柄を語りました。そして髪や顔立ちが藤壺にそっくりな紫の上を見て、改めて紫の上を大切にしようと思います。その夜、源氏の夢に藤壺が現れて、自分のことを話題にされたことが「恥ずかしくつらい」と訴えました。

恥づかしう、
苦しき目を見るにつけても、
つらくなむ
藤壺が光源氏の夢に現れ、自分を話題にしたことを恨む
この光源氏が御簾を巻き上げて雪を見る場面や、童女たちの雪遊びの描写は、清少納言の『枕草子』に書かれている「高炉峰の雪（※2）」や一条天皇と中宮定子がした雪遊びのエピソードを意識したものとも言われたり
藤壺ほど完全で
高貴な女性はあらず…
……
このまま引き下がらば
笑い者になりぬ…
積雪を月が照らす夜、光源氏は紫の上に思い出を語る
桃園宮に通う中で光源氏は、尼となり女五の宮に弟子入りしていた老女官・源典侍と再会し、「まだ生きていたのか」と驚きます。
熱心な求愛も空しく朝顔の姫君は光源氏を拒絶する

※1 雪まぼろし…雪を転がして大きな雪玉をつくる遊び。
※2 高炉峰の雪…『枕草子』には、雪の日に中宮定子が「高炉峰の雪はどんなであろう」と清少納言に問いかけたので、清少納言は白居易が詠んだ漢詩の一節「遺愛寺の鐘は枕を欹て聞く、香炉峰の雪は簾撥げて看る」になぞらえて、格子を上げて簾を巻き上げるエピソードがある。

二十一

六条御息所の娘が中宮に、光源氏が太上大臣になる

少女　おとめ

登場人物　光源氏　内大臣（頭中将）　夕霧　雲居雁　紫の上　花散里　秋好中宮（斎宮女御）　明石の君

年が明け、藤壺の喪が明けました。12歳で元服した夕霧は、大臣の息子なので四位にもなれるはずでしたが、光源氏は思うところがあって六位にとどめ、大学（※）で学業に専念させることにしました。そのころ、源氏の養女である斎宮女御が右大臣の娘・弘徽殿女御を超えて中宮（秋好中宮）となり、源氏は太政大臣に、大納言兼右大将（頭中将）は内大臣に昇進しました。

光源氏が大豪邸・六条院を完成させる

藤壺の喪が明ける。朝顔の姫君は光源氏になびかない
いつか心が動くやも。今は強いるはやめむ
名門にあぐらをかくといつか泣きを見る。ひしと学問したまえ
光源氏は元服した夕霧を六位にとどめ、大学に入れる
貴族とされるのは五位以上なので、夕霧と大宮（夕霧を養育した葵の上の母）は不満を抱きます。
先に入内せるに口惜し…
斎宮女御が立后、弘徽殿女御を超えて中宮となる
弘徽殿女御
お前を入内させむと思えるに
夕霧の母・葵の上は内大臣の姉妹（姉か妹かは不明）。つまり、雲居雁と夕霧は従兄弟で、二人とも内大臣の母・大宮のもとで養育されました。
内大臣の次女・雲雁居と夕霧との関係が発覚する

※大学…律令制で、式部省に属する官人養成のための教育機関。大学寮。

娘の弘徽殿女御が中宮になれず悔しい思いをした内大臣は、母の大宮に預けていた次女・雲居雁(くもいのかり)を東宮に入内させ、次の帝の世代で挽回しようとしますが、夕霧と相愛の仲と知って激怒し、二人を引き離します。冬、夕霧は新嘗祭(にいなめのまつり)で五節の舞姫となった惟光(これみつ)(源氏の家来)の娘を見て心惹かれ、歌を送りました。翌春、夕霧は官吏の登用試験に合格し、秋には侍従に昇格。その翌年の秋、源氏は広大な六条院を完成させ、女君たちを迎えました。

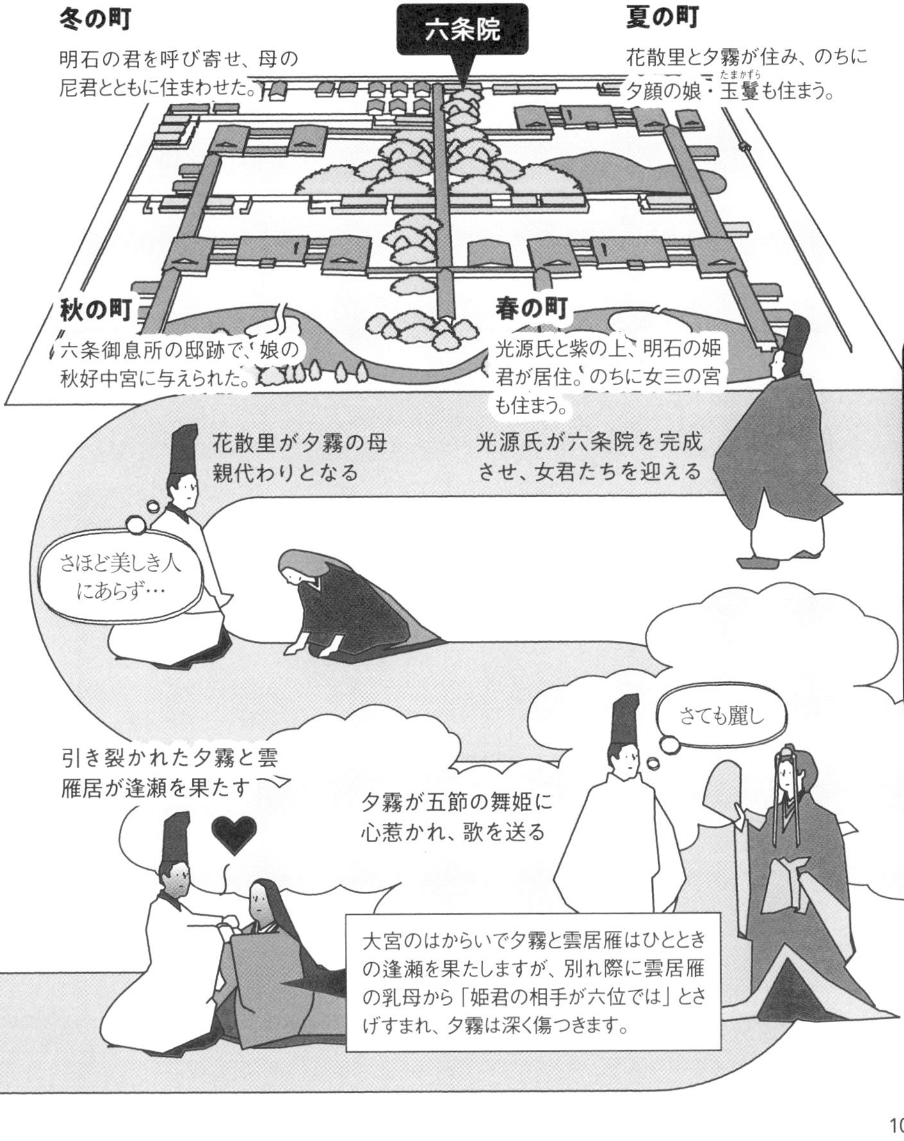
六条院
冬の町
明石の君を呼び寄せ、母の尼君とともに住まわせた。
夏の町
花散里と夕霧が住み、のちに夕顔の娘・玉鬘(たまかずら)も住まう。
秋の町
六条御息所の邸跡で、娘の秋好中宮に与えられた。
春の町
光源氏と紫の上、明石の姫君が居住。のちに女三の宮も住まう。
花散里が夕霧の母親代わりとなる
光源氏が六条院を完成させ、女君たちを迎える
さほど美しき人にあらず…
さても麗し
引き裂かれた夕霧と雲雁居が逢瀬を果たす
夕霧が五節の舞姫に心惹かれ、歌を送る
大宮のはからいで夕霧と雲居雁はひとときの逢瀬を果たしますが、別れ際に雲居雁の乳母から「姫君の相手が六位では」とさげすまれ、夕霧は深く傷つきます。

二十二

行方知れずであった夕顔の娘が帰京する

玉鬘　たまかずら

登場人物　光源氏　玉鬘

年月が経っても、光源氏は夕顔のことが忘れられずにいました。一方、夕顔の遺児（玉鬘）は四歳のころ、夫が大宰少弐に任官した乳母一家とともに筑紫（北九州）へ下り、美しく成長しました。玉鬘に求婚する者は多くいましたが、そのうちの大夫監という肥後（熊本）の豪族が強引に言い寄ってきたので、乳母一家は玉鬘を守るため、九州を脱出しました。

夕顔の娘・玉鬘の物語がはじまる

夕顔の死後、遺児の玉鬘は乳母一家とともに筑紫に下向していた
大宰少弐だった乳母の夫は、任期が終わったのちも都より経済的に楽に暮らせる筑紫にとどまり、同地で病死。玉鬘は20歳になるまで筑紫で育ちました。
右近は夕顔の死後、紫の上の侍女として光源氏に仕えていました。平安時代、長谷寺はとくに女性たちからの信仰が篤く、右近も玉鬘との再会を願いたびたび長谷寺に参籠していたのです。
かの男が追ってきたらいかがせむ…
かの小さき姫君がかく麗しくなりて…
強引に言い寄る男から逃れるため、乳母一家とともに玉鬘が帰京する
玉鬘一行は祈願のため長谷寺に行き、かつての夕顔の侍女・右近と再会する

ようやく帰京したものの、乳母一家と玉鬘には頼るあてもありません。神仏の加護を頼るしかないと長谷寺(はせでら)に向かった一行は、偶然にもかつて夕顔の侍女だった右近(うこん)と再会します。右近から報告を受けた源氏は、実父である内大臣（頭中将）には知らせず、玉鬘を養女として六条院に引き取ることにし、花散里にその世話を頼みました。その年の暮れ、光源氏は六条院や二条東院に暮らす女君たちに新年の晴れ着を贈りました。

光源氏は、六条院に住む紫の上、明石の君、花散里、玉鬘のほか、二条東院で暮らす空蝉や末摘花にも晴れ着を贈りました。当時、布や装束は今とは比べものにならない高級品のため、光源氏が自ら一人ひとりのために選び抜いた衣裳の数々は、今の感覚では高級車くらいの価値があったはずです。
この衣裳を贈らるる人はいかなる方ならむ
邸を訪るる男どもにこの麗しき玉鬘を見せびらかさむ
年の暮れに、光源氏は六条院や二条院に住む女君たちに新年の晴れ着を贈る
実父の内大臣には知らせず、ひそかに養女として引き取らむ
玉鬘と対面した光源氏は、その美しさと教養に満足する
光源氏は、玉鬘を養女として引き取ることを決める
『源氏物語』54帖のうち、玉鬘が中心人物として描かれる「玉鬘」（二十二帖）から「真木柱」（三十一帖）までの10帖を「玉鬘十帖」という

光源氏　36歳

二十三

正月、光源氏が女君たちのもとを訪れる

初音　はつね

登場人物　光源氏　紫の上　花散里　玉鬘　明石の君　末摘花　空蝉

年が明けた元日の朝は晴れ渡り、六条院の春の御殿には薫物と梅の香が漂いまるで極楽浄土のようです。参賀の訪問者が途絶えた夕方前、光源氏は紫の上と和歌を詠み交わし、六条院に暮らす女君たちのもとを訪れます。まずは明石の姫君を訪ね、次に夏の町の花散里と西の対の玉鬘を訪ねました。夕方、冬の町を訪れ、その夜はそのまま明石の君と一夜を過ごしました。

六条院の正月と男踏歌

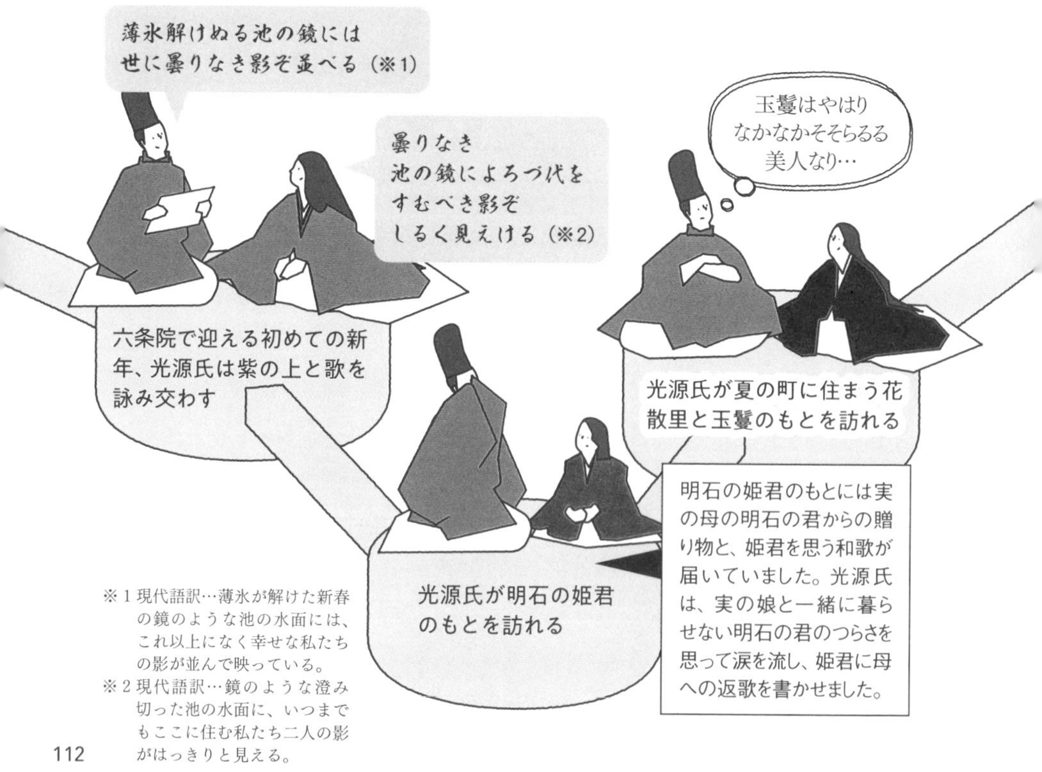

薄氷解けぬる池の鏡には
世に曇りなき影ぞ並べる（※1）
曇りなき
池の鏡によろづ代を
すむべき影ぞ
しるく見えける（※2）
玉鬘はやはり
なかなかそそらるる
美人なり…
六条院で迎える初めての新年、光源氏は紫の上と歌を詠み交わす
光源氏が夏の町に住まう花散里と玉鬘のもとを訪れる
光源氏が明石の姫君のもとを訪れる
明石の姫君のもとには実の母の明石の君からの贈り物と、姫君を思う和歌が届いていました。光源氏は、実の娘と一緒に暮らせない明石の君のつらさを思って涙を流し、姫君に母への返歌を書かせました。

※1 現代語訳…薄氷が解けた新春の鏡のような池の水面には、これ以上になく幸せな私たちの影が並んで映っている。

※2 現代語訳…鏡のような澄み切った池の水面に、いつまでもここに住む私たち二人の影がはっきりと見える。

翌二日、上達部（※3）や親王らが新年の挨拶に来ましたが、年の若いものは皆、源氏が養女として引き取った玉鬘を意識してそわそわしていました。新年の多忙な日々が過ぎたころ、源氏は二条東院に住む末摘花と空蟬を訪れました。この年は男踏歌があり、踏歌の一行は内裏と朱雀院をめぐったあと、六条院にやってきました。各御殿の女君たちも見物に集まり、玉鬘は南の寝殿に来て明石の姫君や紫の上に挨拶しました。

明石の君は紫の上に遠慮して、「そのときがくるまでは」と我慢して娘の明石の姫君には会っていません。辛さを抱えながらも謙虚で聡明な明石の君に魅力を感じ、光源氏は「紫の上の機嫌を損ねるかも」と思いつつ一夜を過ごすことに。
今日はここにて一夜を過ごさむ
ついついうたた寝しにて明け方になりぬ
明け方に帰ってきた光源氏に紫の上が嫉妬する
光源氏が冬の町に住まう明石の君のもとで一夜を過ごす
なにゆえそわそわせるなり?
玉鬘はいずこならむ
六条院が年賀の挨拶に来た人々でにぎわう
光源氏は男踏歌を見物し、まじめだけが取り柄だと思っていた夕霧が風流に歌うのを聞いて機嫌がよくなり、六条院で管弦の宴を催すことを決めます。
昔の邸を訪ねてみたら珍しい赤い花(鼻)が咲けり…
?
光源氏が二条東院の末摘花と空蟬のもとを訪れる
六条院に男踏歌の一行が来て、六条院の女君たちが集まり見物する

※3 上達部…摂政・関白・太政大臣・左大臣・右大臣・大納言・中納言・参議、および三位以上の人の総称。

二十四

養女への恋情を募らせる光源氏

胡蝶　こちょう

登場人物　光源氏　玉鬘

三月の二十日過ぎ、光源氏は春の町の庭に龍頭鷁首(りゅうとうげきしゅ)(※1)を浮かべて船楽(ふながく)(※2)を催し、翌日には秋の町に里下がりした秋好中宮が法会を行いました。初夏になり、玉鬘のもとに届く求婚の文が次第に多くなってきました。源氏は手紙に目を通し、玉鬘の侍女・右近を召して手紙の返し方についてこと細かに指示しましたが、内心では玉鬘への恋心が募っていきます。ある夕べ、源氏は玉鬘の手を取り思いのたけを伝えますが、玉鬘は戸惑い、苦悩します。

養父に言い寄られ、戸惑い苦悩する玉鬘

晩春、六条院では船楽と法会が行われにぎわう
六条院が完成した秋、秋好中宮は秋の花や紅葉に和歌を添えて紫の上に贈り、この春の法会では紫の上が桜や山吹の花に和歌を添えて中宮に贈りました。この「春秋争い」は『万葉集』の時代からある雅な遊びで、六条院の四季の美しさも表しています。
文への返事は人を選びてしたまへ
玉鬘へ多くの恋文が届き、光源氏が対応を指示する
きみも我を思いたまえ
このことが噂になれば世の人はいかが思うや…
光源氏は玉鬘への思いを募らせ、求愛する
玉鬘は光源氏からの求愛に困惑し、苦悩を深める

※1 龍頭鷁首…船首にそれぞれ龍の頭と鷁（想像上の水鳥）の頭を彫刻した二艘一対の船。
※2 船楽…楽人が船に乗って雅楽を奏すること。

二十五

蛍の光が玉鬘の美貌を照らし出す

蛍　ほたる

登場人物　光源氏　蛍兵部卿宮　玉鬘　内大臣（頭中将）

光源氏は、玉鬘に自らの異母弟・蛍兵部卿宮（ほたるひょうぶきょうのみや）との交際を勧め、五月のある夕方、二人は会うことになりました。夜になり、蛍兵部卿宮が玉鬘に思いを打ち明けていると、源氏は二人を隔てていた几帳を上げて蛍を放ちます。蛍の光で玉鬘の姿を見た蛍兵部卿宮は、その美しさに心奪われてしまいました。長雨は続き、玉鬘ら六条院の女君たちは物語に熱中しています。そのころ内大臣は、自分と夕顔との間に生まれた娘のことを思い出し、捜していました。

蛍兵部卿宮、玉鬘に心を奪われる

内大臣は、夕顔に生ませた娘のことを探していた
「蛍」の最後、内大臣が自分の見た夢を夢占いの男に解かせたところ、「長い間忘れていた娘さんが、人の養女になっていると聞いたことはありませんか」と問われ、「どういうことだろう?」と不審に思います。
わが娘はいずこへ…
いずれの口がそれを?
明石の姫君に色恋沙汰の物語を聞かするはやめたまえ
長雨が続く中、六条院の女君たちは物語に熱中する
われが手紙の返事を考えむ
光源氏は玉鬘に蛍兵部卿宮との交際を勧める
蛍兵部卿宮が玉鬘を訪ねてきた夜、光源氏は戯れに蛍を放つ

二十六

玉鬘をめぐる養父と実父の物語

常夏　とこなつ

登場人物　光源氏　内大臣（頭中将）　近江の君

夏の暑い日、光源氏は夕霧や内大臣の息子たちと東の釣殿(つりどの)で涼んでいました。源氏は、夕霧と雲居雁の仲を認めない内大臣を快く思っておらず、最近、内大臣が迎えた別腹の姫君（近江(おうみ)の君(きみ)）の噂をして「そんな子まで無理に捜しだすのは欲張りだ」と皮肉りました。夕方、源氏の訪問を受けた玉鬘は、源氏と内大臣の不仲を知り、実父との対面はまだ難しそうだと悲嘆。一方、内大臣は玉鬘の噂を聞き「本当に源氏の子だろうか」と疑いはじめました。

玉鬘と近江の君――対照的な二人の姫君

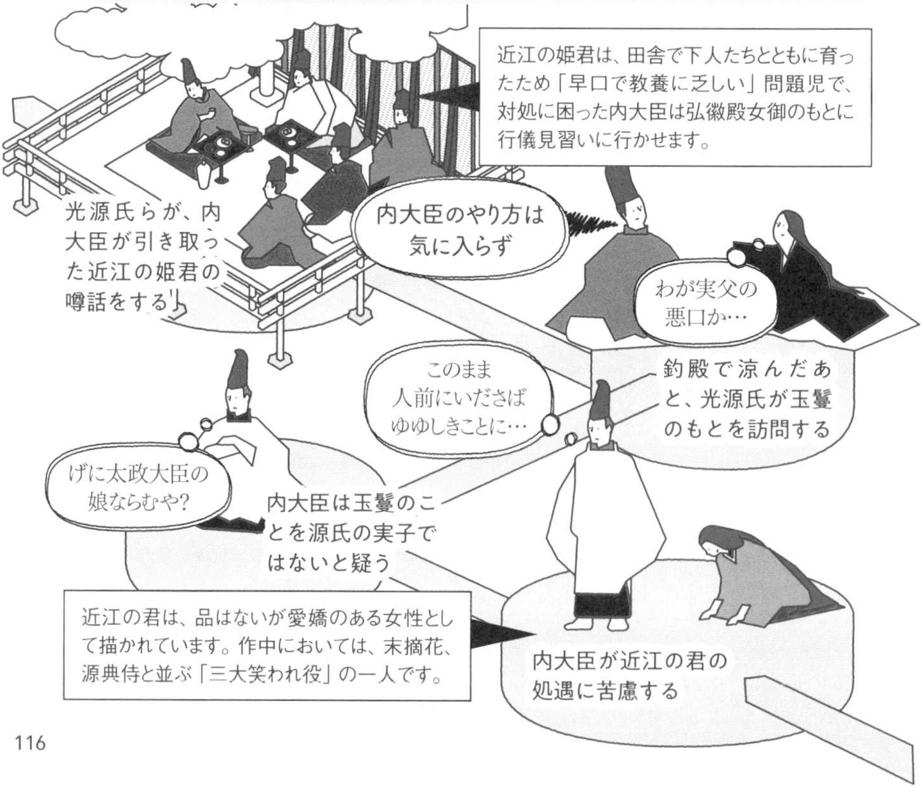
近江の姫君は、田舎で下人たちとともに育ったため「早口で教養に乏しい」問題児で、対処に困った内大臣は弘徽殿女御のもとに行儀見習いに行かせます。
光源氏らが、内大臣が引き取った近江の姫君の噂話をする
内大臣のやり方は気に入らず
わが実父の悪口か…
このまま人前にいださばゆゆしきことに…
釣殿で涼んだあと、光源氏が玉鬘のもとを訪問する
げに太政大臣の娘ならむや?
内大臣は玉鬘のことを源氏の実子ではないと疑う
近江の君は、品はないが愛嬌のある女性として描かれています。作中においては、末摘花、源典侍と並ぶ「三大笑われ役」の一人です。
内大臣が近江の君の処遇に苦慮する

二十七

玉鬘への恋情をますます募らせる光源氏

篝火　かがりび

登場人物　光源氏　玉鬘

世間では近江の君のことが笑いぐさになっていて、玉鬘は「娘を笑いものにする内大臣ではなく、光源氏に引き取られてよかった」と安堵していました。秋になり、源氏は玉鬘のもとをたびたび訪れて琴を教えたりしています。ある日、庭先に篝火を焚かせた源氏は、琴を枕に玉鬘と添い寝して恋情を伝えますが、玉鬘は困惑するばかり。帰りしな、源氏は東の対で管弦に興じていた夕霧や柏木（かしわぎ）（内大臣の長男）らを呼び寄せ、自分も琴を弾きました。

篝火のごとく恋の煙を立ち上らせる光源氏

実父に名乗りいでたらば
われも笑いものに…
玉鬘は、光源氏の養女
でよかったと感じる
光源氏、篝火の光に照
らされた玉鬘の姿に恋
情を抑えきれなくなる
篝火にたちそふ恋の煙こそ
世には絶えせぬ炎なりけれ（※1）
光源氏が、夕霧や柏
木らに玉鬘の前で
管弦を演奏させる
行方なき空に消ちてよ篝火の
たよりにたぐふ煙とならば（※2）
柏木は和琴を演奏
しながら、御簾越
しに演奏を聴く玉
鬘が自分の異母
姉であるとも知ら
ずに恋心を募らせ
ていきます。

※1 現代語訳…この篝火とともに立ち上る恋の煙は、永遠に消えることのない私の思いです。

※2 現代語訳…果てのない空に消してください、篝火とともに上る煙というのであれば。

二十八

夕霧が野分後の六条院で紫の上を垣間見る

野分 のわき

登場人物　夕霧　紫の上　光源氏　玉鬘

秋好中宮の御殿の庭には美しい秋の花々が咲いていましたが、例年に増して激しい野分（台風）が六条院を襲い、庭の草木が倒れてしまいました。翌日、野分の見舞いに六条院を訪れた夕霧は、混乱する邸内で紫の上の姿を垣間見て、その美しさに驚きます。その夜、夕霧は祖母・大宮が暮らす三条宮で過ごしましたが、紫の上の面影が頭から離れませんでした。

夕霧、光源氏の異常な日常に嫌悪感を覚える

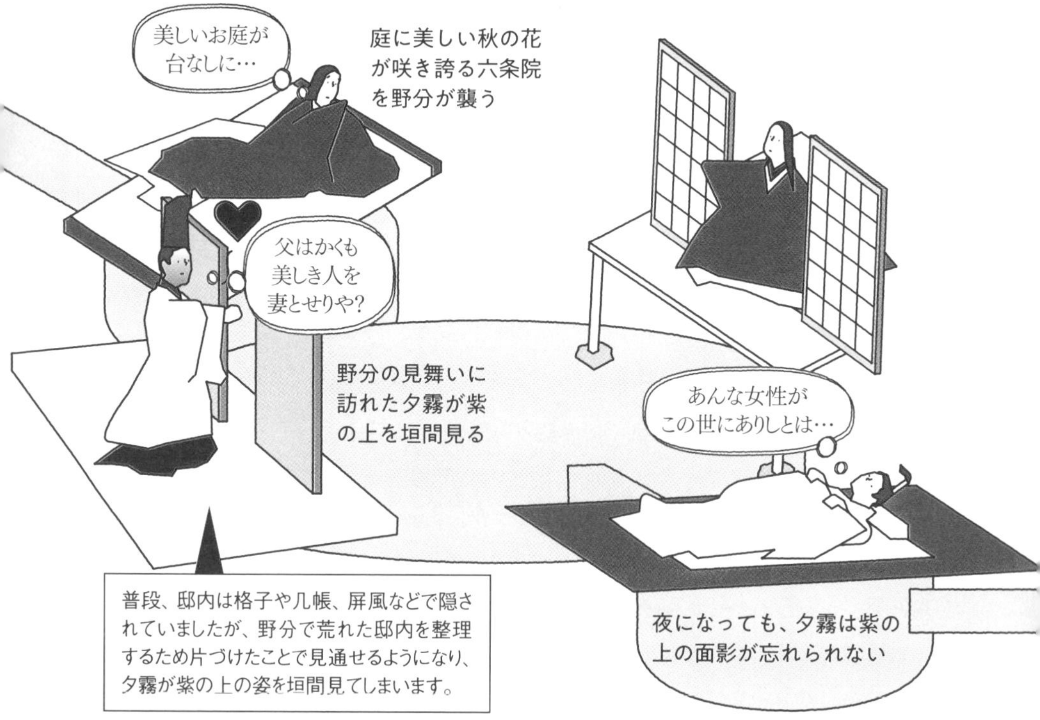
美しいお庭が
台なしに…
庭に美しい秋の花が咲き誇る六条院を野分が襲う
父はかくも
美しき人を
妻とせりや？
野分の見舞いに訪れた夕霧が紫の上を垣間見る
あんな女性が
この世にありしとは…
夜になっても、夕霧は紫の上の面影が忘れられない

普段、邸内は格子や几帳、屏風などで隠されていましたが、野分で荒れた邸内を整理するため片づけたことで見通せるようになり、夕霧が紫の上の姿を垣間見てしまいます。

翌朝、改めて六条院を見舞った夕霧は、光源氏と紫の上の仲睦まじい様子をのぞき見てしまいます。源氏は、夕霧が物思いに沈む姿を見て、紫の上を垣間見たのではないかと疑います。この日、夕霧は光源氏につきそって六条院の女君たちを見舞いましたが、親子とは思えぬほど親密そうに戯れ合う源氏と玉鬘の姿を見て嫌悪感を覚えます。その夜、父のお供に疲れた夕霧は、明石の姫君の部屋で雲居雁への見舞いの手紙を書きました。

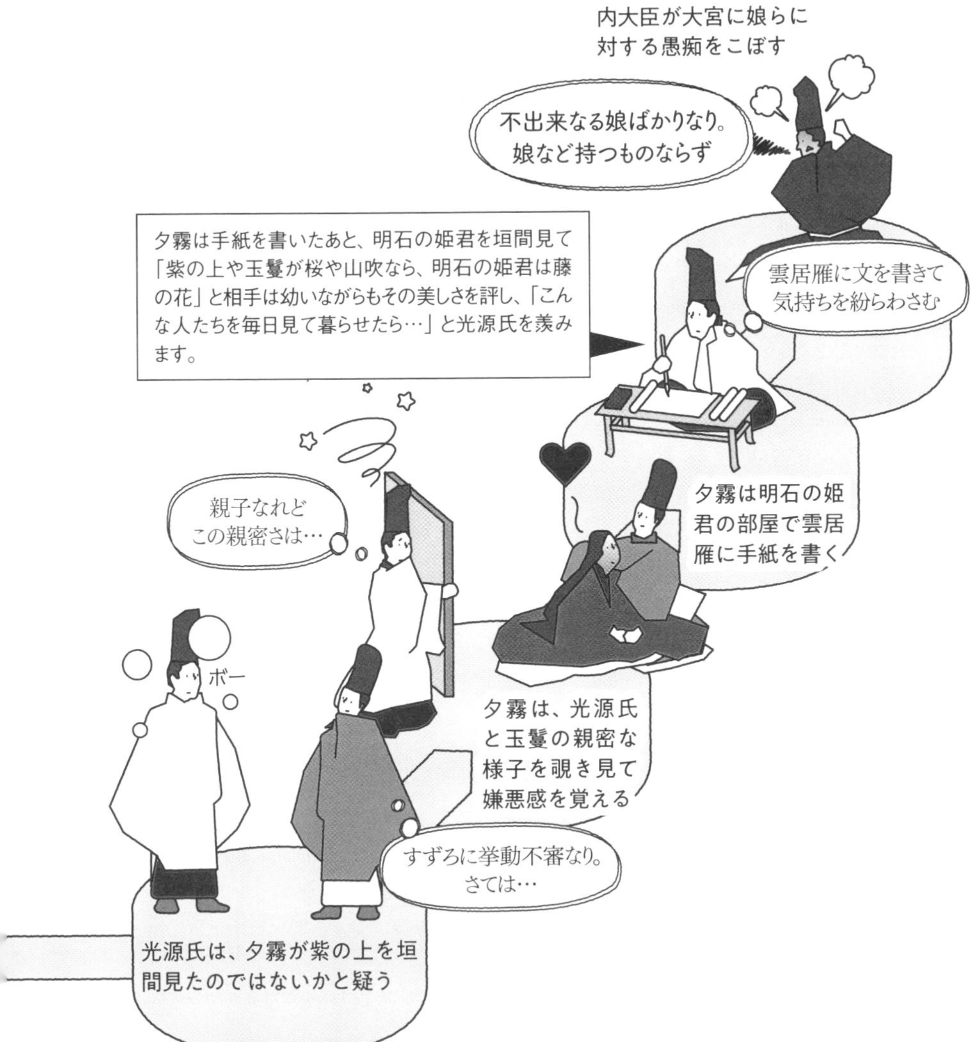
内大臣が大宮に娘らに対する愚痴をこぼす
不出来なる娘ばかりなり。娘など持つものならず
夕霧は手紙を書いたあと、明石の姫君を垣間見て「紫の上や玉鬘が桜や山吹なら、明石の姫君は藤の花」と相手は幼いながらもその美しさを評し、「こんな人たちを毎日見て暮らせたら…」と光源氏を羨みます。
雲居雁に文を書きて気持ちを紛らわさむ
夕霧は明石の姫君の部屋で雲居雁に手紙を書く
親子なれどこの親密さは…
ボー
夕霧は、光源氏と玉鬘の親密な様子を覗き見て嫌悪感を覚える
すずろに挙動不審なり。さては…
光源氏は、夕霧が紫の上を垣間見たのではないかと疑う

二十九

玉鬘は光源氏に勧められた宮仕えを考えはじめる

行幸　みゆき

登場人物　玉鬘　光源氏　冷泉帝　内大臣（頭中将）

十二月、冷泉帝が大原野に行幸。見物に出かけた玉鬘は、冷泉帝のほか実父の内大臣や、恋文をくれた蛍兵部卿宮、鬚黒大将(ひげくろのたいしょう)などの姿も見ましたが、冷泉帝の美しさや威厳には比べようがないと感じ、光源氏に勧められていた入内を前向きに考えはじめます。源氏は、玉鬘が入内する前に真相を打ち明けようと内大臣と面会。玉鬘が自分の娘だと知った内大臣は感激し、裳着(もぎ)の腰結役(こしゆい)（※）を引き受けます。裳着の儀の当日、ようやく親娘は対面を果たしました。

玉鬘と実父の内大臣が「裳着の儀」で対面する

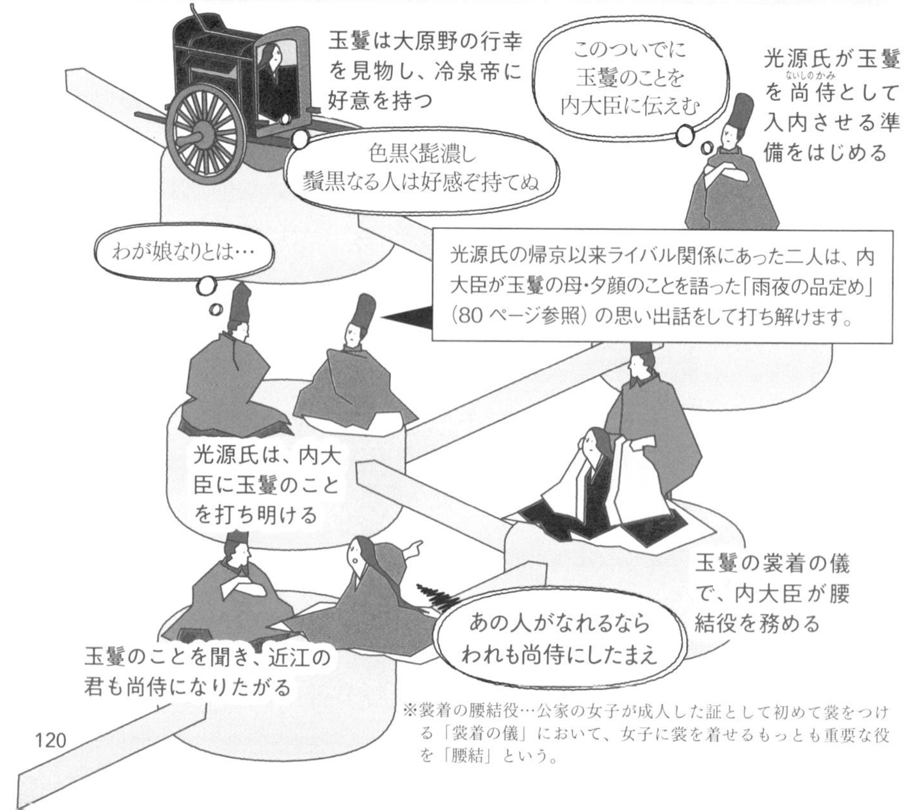
玉鬘は大原野の行幸を見物し、冷泉帝に好意を持つ
このついでに玉鬘のことを内大臣に伝えむ
光源氏が玉鬘を尚侍(ないしのかみ)として入内させる準備をはじめる
色黒く髭濃し鬚黒なる人は好感ぞ持てぬ
わが娘なりとは…
光源氏の帰京以来ライバル関係にあった二人は、内大臣が玉鬘の母・夕顔のことを語った「雨夜の品定め」（80ページ参照）の思い出話をして打ち解けます。
光源氏は、内大臣に玉鬘のことを打ち明ける
玉鬘の裳着の儀で、内大臣が腰結役を務める
あの人がなれるならわれも尚侍にしたまえ
玉鬘のことを聞き、近江の君も尚侍になりたがる

※裳着の腰結役…公家の女子が成人した証として初めて裳をつける「裳着の儀」において、女子に裳を着せるもっとも重要な役を「腰結」という。

三十

玉鬘が姉ではないと知った夕霧が恋心を抱く

藤袴　ふじばかま

登場人物　玉鬘　夕霧

玉鬘は自分が尚侍として出仕することで、光源氏の養女・秋好中宮や内大臣の娘・弘徽殿女御と対立することになるのではないかと思い悩んでいました。そんな折、祖母の大宮が亡くなり、光源氏の使いとして夕霧が玉鬘のもとを訪れました。玉鬘が姉ではないと知った夕霧は、喪に服す玉鬘に藤袴の花を差し出して恋心を訴えますが、相手にされません。九月、宮仕えを翌月に控えた玉鬘のもとには、あせる求婚者たちから多くの恋文が届きました。

出仕を前に思い悩む玉鬘

われはいかがすべきか…
玉鬘は、出仕後のことばかりでなく、光源氏から言い寄られる苦痛、実父の内大臣もそれほど当てにできる立場でないこと、母がなく親密な相談ができる人がいないことなど、自らの頼りない境遇について思い悩みます。
尚侍としての出仕を前に、玉鬘が思い悩む
おなじ野の露にやつるる藤袴哀れはかけよかことばかりも（※1）
玉鬘の喪服姿はむしろ顔の華やかさを引き立てて、より一層の魅力を添えました。
心もて日かげに向かふ葵だに朝置く露をおのれやは消つ（※2）
玉鬘のもとを訪れた夕霧が、恋心を訴える
多くの手紙をもらった玉鬘ですが、なぜか蛍兵部卿宮にだけ短い返事を書きました。
入内を控えた玉鬘のもとに、多くの求婚者たちから恋文が届く

※1 現代語訳…あなたと同じように喪に服してやつれている藤袴です。どうかやさしい言葉の一つでもかけてください。
※2 現代語訳…自分で光に向かう葵（向日葵）でさえも、朝置かれた霜を自分から消すことはありません。

三十一

入内寸前の玉鬘を鬚黒が強引にめとる

真木柱　まきばしら

登場人物　玉鬘　鬚黒大将　冷泉帝　光源氏

多くの求婚者のうち、玉鬘をめとったのは鬚黒大将でした。玉鬘の女房に手引きさせ、強引にわがものとしたのです。光源氏はこの結果を残念がりながらも盛大に婚儀を行い、内大臣は結果としてよい相手に嫁がせることができたと安堵します。しかし、鬚黒には紫の上の異母姉で式部卿宮の娘である正妻（北の方）がいました。北の方はもともと美しい人でしたが、ここ数年は物の怪に憑かれて心身を病んでおり、夫婦仲もうまくいっていませんでした。

玉鬘のことを諦めきれない光源氏

きみを思えり
鬚黒が強引に玉鬘をわがものとする
実父の内大臣も認めたる婿ならばせんかたなし…
ヒッ!誰なりや
源氏は残念がりながらも婚儀を行う
北の方が鬚黒に灰を浴びせかける
今はとて宿かれぬとも馴れ来つる真木の柱はわれを忘るな（※）
北の方と子どもたちが鬚黒の邸を出て行く
鬚黒を慕う娘（真木柱）は別れを惜しむ和歌を詠み、邸を出るときに柱の割れ目に押し込みました。

※現代語訳…今はもうこの邸を離れることになりましたが、私が慣れ親しんだ真木の柱は、私のことを忘れないでいて。

あ る雪の夜、玉鬘のもとへ行こうとしていた鬚黒に、北の方が香炉の灰を浴びせかけました。以来、鬚黒は本邸に寄りつこうとしなかったため、鬚黒に反感を持つ北の方の父・式部卿宮が娘と三人の孫を自邸に引き取ります。その後、鬚黒は二人の息子を連れ戻しましたが、北の方を迎えに行くことはありませんでした。翌年春、玉鬘が参内しました。しかし、冷泉帝が玉鬘の部屋を訪れたと知った鬚黒は、強引に玉鬘を連れ帰ってしまいました。

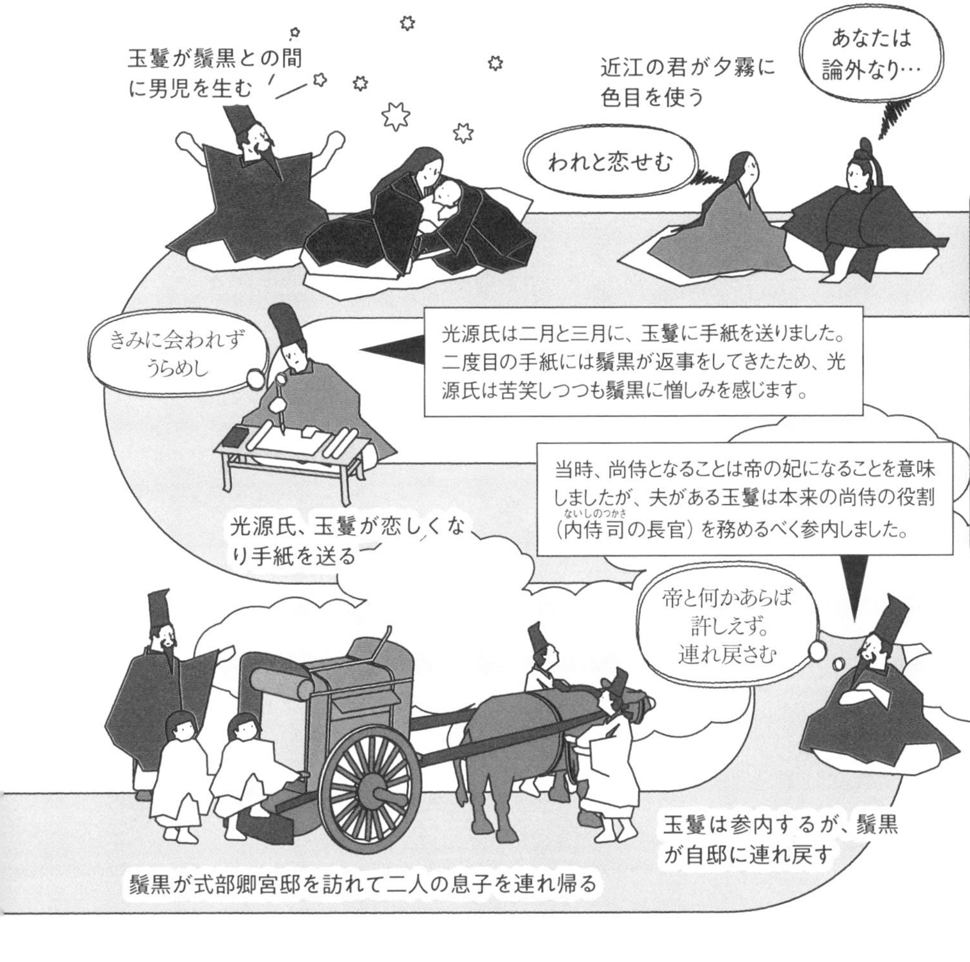

玉鬘が鬚黒との間に男児を生む
近江の君が夕霧に色目を使う
われと恋せむ
あなたは論外なり…
きみに会われずうらめし
光源氏は二月と三月に、玉鬘に手紙を送りました。二度目の手紙には鬚黒が返事をしてきたため、光源氏は苦笑しつつも鬚黒に憎しみを感じます。
当時、尚侍となることは帝の妃になることを意味しましたが、夫がある玉鬘は本来の尚侍の役割（内侍司（ないしのつかさ）の長官）を務めるべく参内しました。
光源氏、玉鬘が恋しくなり手紙を送る
帝と何かあらば許しえず。連れ戻さむ
玉鬘は参内するが、鬚黒が自邸に連れ戻す
鬚黒が式部卿宮邸を訪れて二人の息子を連れ帰る

三十二

明石の姫君の入内準備に勤しむ光源氏

梅枝　うめがえ

登場人物　明石の姫君　光源氏

明石の姫君の東宮入内を控え、光源氏は裳着の準備を急いでいました。正月の末、源氏は薫物の調合を女君ら方々に依頼し、自身も紫の上と部屋を別にして秘伝の香の調合を競い合いました。二月十日、六条院を蛍兵部卿宮が訪れ、そこへ前斎院（朝顔の姫君）からも薫物が届いたので、源氏は薫物合（たきものあわせ）をすることにしました。審判となった蛍兵部卿宮は、前斎院、源氏、紫の上の調合が優れているとしながら、いずれも優劣つけがたいと讃えました。

明石の姫君の入内準備と夕霧の恋の行方

明石の姫君の裳着の儀は、帝の正妻となった秋好中宮の幸運にあやかりたいとの意図で、秋好中宮を腰結の役として秋の町の御殿で行われました。
無上の香を調合せむ
いずれの香も甲乙つけがたし
その判定では勝負にならぬぞ
秋好中宮を腰結役として、明石の姫君の裳着の儀が行われる
光源氏が、弟の蛍兵部卿宮を審判にして六条院で薫物合を催す
光源氏は、入内する明石の姫君のため薫物の調合を女君らに依頼する
この日の夜は酒宴となり、光源氏は蛍兵部卿宮や夕霧、内大臣の息子たちと管弦の遊びや歌に興じ、弁少将（べんのしょうしょう）（内大臣の次男）が催馬楽（さいばら）の「梅枝（うめがえ）」を歌いました。

翌日、秋好中宮を腰結役として明石の姫君の裳着の儀が盛大に行われました。二月下旬、東宮が元服しましたが、源氏に遠慮して他家の姫君たちが入内を控えたため、源氏は明石の姫君の入内を四月に延期し、さらに入内の準備に勤しみました。そのころ、内大臣は入内できない雲居雁の処遇に思い悩み、夕霧に縁談があると聞いて焦りはじめます。一方、父から夕霧の縁談の噂を聞いた雲居雁は、夕霧からの手紙に対して薄情さを恨む歌を返しました。

光源氏は明石の姫君の入内道具として古今の名筆や書物の収集に力を入れ、蛍兵部卿宮は「自分には娘がいないから」といって、嵯峨天皇宸筆(しんぴつ)の『万葉集』や醍醐天皇宸筆の『古今和歌集』などの名品を贈りました。
つれなさは憂き世の常になりゆくを忘れぬ人や人にことなる（※1）
夕霧からの手紙に対し、雲居雁が恨みのこもった返歌を送る
夕霧に縁談の噂ありけむ
内大臣は夕霧の縁談の噂を聞いて焦り、雲居雁に伝える
それは聞き捨てならず
おほかたのものは昔のものこそよけれど仮名ばかりは新しきものこそよけれ
限りとて忘れがたきを忘るるもこや世に靡(な)びく心なるらん（※2）
光源氏は明石の姫君の入内を四月に延期し、入内準備に勤しむ
薫物には代表的なものとして「梅花(ばいか)」「荷葉(かよう)」「侍従(じじゅう)」「菊花(きっか)」「落葉(らくよう)」「黒方(くろぼう)」の６種類があり、これらを「六種(むくさ)の薫物」と称す。
薫物合では、朝顔の姫君は「黒方」、紫の上は「梅花」、花散里は「荷葉」を調合。身分の低い明石の君は、ほかの女君と競い合うのを避けるため六種の薫物を避け、衣に焚きしめる「薫衣香(くのえこう)」をつくりき

※1 現代語訳…あなたのつれなさは憂い多い世で常のことになっていますが、それでもあなたが忘れられない私はおかしいのでしょうか。
※2 現代語訳…もうこうするほかないと、忘れないといった私のことを忘れるのは、世の習いに従うあなたの心なのでしょう。

三十三

すべてが光源氏の思いどおりに成就する

藤裏葉　ふじのうらば

登場人物　光源氏　内大臣（頭中将）　夕霧　雲居雁

夕霧に縁談があるという噂を聞いた内大臣は、雲居雁との結婚を許すことにしました。しかし、自分が二人の仲を引き裂いた手前、夕霧にどう話しかけようかと苦慮します。三月、大宮の三回忌の法要で内大臣は夕霧に話しかけ、四月には自邸で催す藤の花の宴に夕霧を招いて、雲居雁との結婚を許しました。宴のあと、夕霧は柏木に導かれて雲居雁の部屋を訪れました。

夕霧の結婚と明石の姫君の入内

夕霧と雲居雁が相思相愛の仲であることを知ってから内大臣は夕霧に冷たく当たっていましたが、藤原氏の氏寺である極楽寺で亡き大宮の三回忌の法要が行われた際、内大臣のほうから夕霧に話しかけました。
わが罪を許したまえ
内大臣が大宮の三回忌で夕霧に話しかける
ともに姫君の母にてわれらは他人ならず
なんと麗しく聡明な人なり…
明石の姫君が入内。紫の上が明石の君に後見役を譲る
藤の裏葉の…
内大臣が夕霧を藤の花の宴に招き、雲居雁との結婚を許す
内大臣は「春日さす藤の裏葉のうらとけて君し思はば我も頼まむ」という『後撰和歌集』の一節を口にしました。これは「藤の若葉のようにうちとけて、あなたも私のことを思ってくれるならば、私もきみを頼りにしよう」と、娘との結婚の許諾を意味するもので、このとき、柏木は妹の雲居雁を藤に見立て、藤の枝を夕霧の盃に添えて結婚を祝いました。

四月下旬、明石の姫君は養母の紫の上とともに入内しましたが、紫の上は光源氏と相談し、姫君の後見役を実母・明石の君に譲ることにしました。交代の際、紫の上と明石の君ははじめて対面。その後、二人は互いの人柄を認め合う仲になります。こうして明石の君は、八年ものつらい日々を経て、実の娘とともに暮らす幸せを得ました。夕霧の結婚、明石の姫君の入内と、すべてがこれ以上ない形で収まったことを見て、源氏はかねてから考えていた出家のときが来たとも思うのでした。秋、冷泉帝が光源氏の六条院に行幸しました。

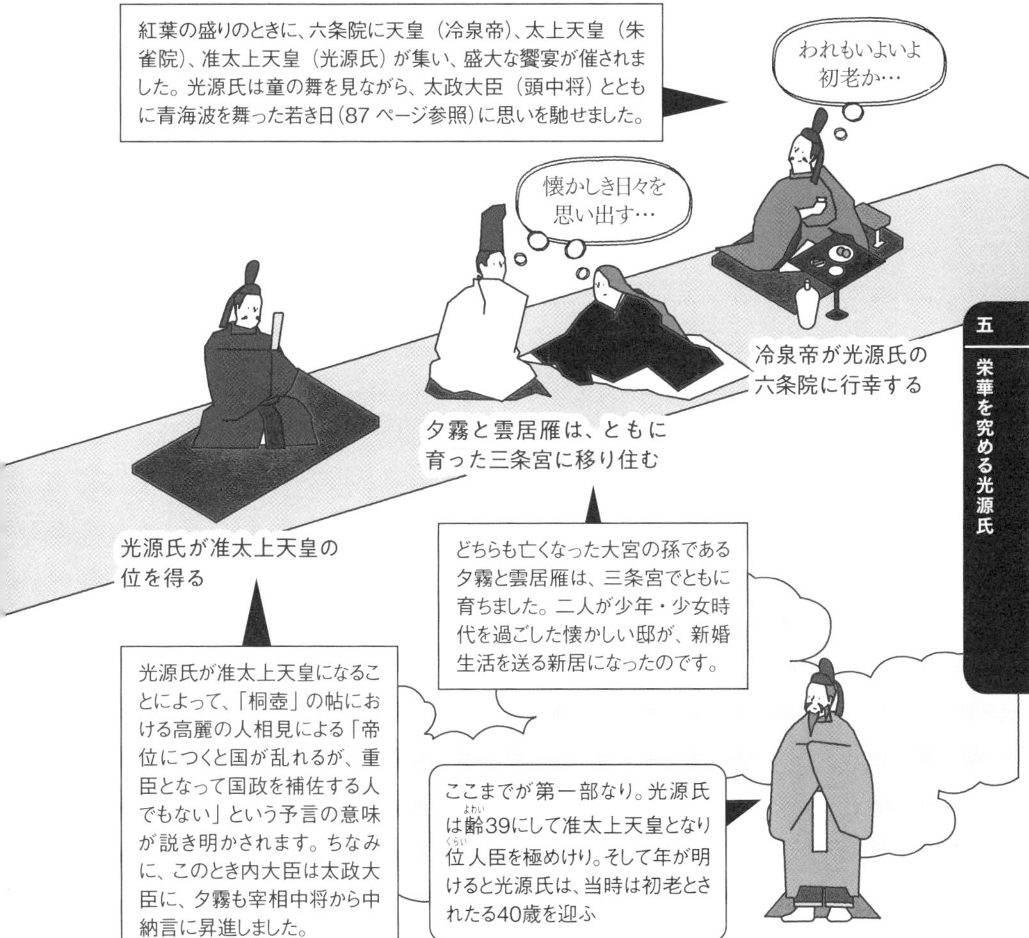

紅葉の盛りのときに、六条院に天皇（冷泉帝）、太上天皇（朱雀院）、准太上天皇（光源氏）が集い、盛大な饗宴が催されました。光源氏は童の舞を見ながら、太政大臣（頭中将）とともに青海波を舞った若き日（87ページ参照）に思いを馳せました。
われもいよいよ初老か…
懐かしき日々を思い出す…
冷泉帝が光源氏の六条院に行幸する
夕霧と雲居雁は、ともに育った三条宮に移り住む
光源氏が准太上天皇の位を得る
どちらも亡くなった大宮の孫である夕霧と雲居雁は、三条宮でともに育ちました。二人が少年・少女時代を過ごした懐かしい邸が、新婚生活を送る新居になったのです。
光源氏が准太上天皇になることによって、「桐壺」の帖における高麗の人相見による「帝位につくと国が乱れるが、重臣となって国政を補佐する人でもない」という予言の意味が説き明かされます。ちなみに、このとき内大臣は太政大臣に、夕霧も宰相中将から中納言に昇進しました。
ここまでが第一部なり。光源氏は齢39にして准太上天皇となり位人臣を極めけり。そして年が明けると光源氏は、当時は初老とされたる40歳を迎ふ

COLUMN 5

平安貴族の嗜(たしな)みだった雅楽

光源氏と頭中将が得意とした「琴」

『源氏物語』にはたびたび管弦を奏する場面が出てきます。管弦とは、管楽器（笛・笙(しょう)など）と絃楽器（琴や琵琶(びわ)など）のことです。なかでも作中でよく登場するのが、光源氏が得意とする琴(きん)の琴(こと)と、頭中将・柏木親子が得意とする和琴(わごん)です。平安時代の貴族にとって、楽器の演奏は必須の教養でした。そのため、『源氏物語』にも楽器の練習や演奏をする場面が幾度も描かれています。

琴(きん)の琴(こと)

琴の琴は、単純に「琴(きん)」とも呼びます。また、「七絃琴(しちげんきん)」とも呼ばれ、作中では光源氏や末摘花、女三の宮などが演奏しますが、紫式部の時代には、すでにこの楽器を演奏する人はいなかったといわれています。この琴は箏(そう)（現代の一般的な琴）と違って琴柱(ことじ)がなく、右手で絃をはじき、左手で音階を出すというスティールギターのような奏法で演奏しました。

和琴(わごん)

和琴は日本で独自に発展した六絃の琴で、「大和琴(やまとごと)」「東琴(あずまごと)」などとも呼びます。作中では頭中将と柏木のほか、光源氏、玉鬘、紫の上、夕霧、薫、冷泉院などが演奏する場面もあります。現在は演奏されることはほとんどありませんが、楽器と奏法は宮内庁楽部や各地の寺院などで継承されています。

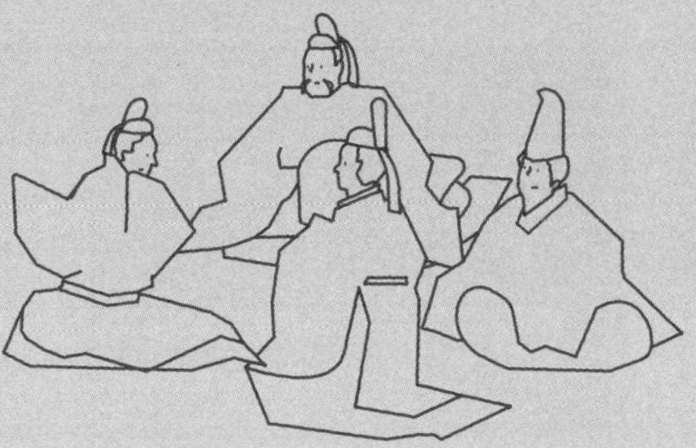

第六章

54帖を一気に解説！　その三（第二部）

晩年を迎える光源氏

誰よりも優れた才能と経歴を持つ光源氏も
齢（よわい）40を迎えて憂えることも増えていきます。
平安時代において、初老とは40歳の異称でした。
光源氏の39歳から52歳、晩年に近づいてゆく物語です。

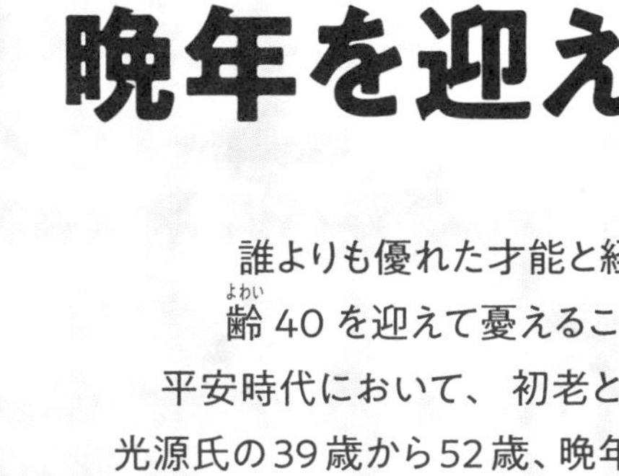

三十四

柏木が思慕していた女三の宮を垣間見る

若菜上　わかな じょう

登場人物　光源氏　女三の宮　紫の上　明石女御（明石の姫君）　柏木

病気がちな朱雀院は出家の意思を固めたものの、後見役のいない三女（女三の宮）の行く末が気がかりでならず、光源氏に嫁がせようとします。源氏は、その申し出を断りますが、女三の宮は藤壺の姪ということもあり考え直し、正妻として迎えることにしました。二月、女三の宮が降嫁しましたが、光源氏はその幼さに失望し、改めて紫の上の素晴らしさに気づきます。しかし、朱雀院から託された女三の宮をむげにもできず、丁重に扱いました。

女三の宮の降嫁と紫の上の苦悩

朱雀院が女三の宮を光源氏に嫁がせようとする
女三の宮をもらいたまえ
女三の宮には柏木や蛍兵部卿宮など求婚者は多く、当初は光源氏も夕霧を推薦したり、冷泉帝への入内を勧めたりしていましたが、出家した朱雀院を見舞った際、断り切れずに女三の宮との結婚を引き受けました。
若菜は、正月に不老長寿を願って食べた若草。「若菜」という題名は、このときに光源氏が詠んだ「小松原末の齢に引かれてや野辺の若菜も年を摘むべき（※ 1）」という歌に由来します。
玉鬘が、40 歳の祝賀として光源氏に若菜を献ずる
粛々とわが務めを果たさむ…
思わば紫の上は幼きときより才気がありておもしろき少女なりき
女三の宮が降嫁。紫の上は苦悩しながら面倒を見る
光源氏が女三の宮の幼さに失望する

※ 1 現代語訳…若々しい小松原の末永い齢にあやかって、野辺の若菜（私）も長生きできるだろうか。

そのころ、光源氏は朱雀院に仕えている朧月夜（おぼろづきよ）が里下がりしていることを知り、強引に言い寄り一夜をともにしました。帰邸した源氏は、気づかぬふりをする紫の上を見て気がとがめ、すべてを白状してしまいます。翌年三月、明石女御（あかしのにょうご）が東宮の男児を出産。この知らせを聞いた明石入道（あかしのにゅうどう）は、宿願が叶ったため山に籠もり消息を絶ちました。三月、六条院で蹴鞠（けまり）が催されました。これに参加していた柏木（かしわぎ）は、猫が走り出て御殿の御簾がまくれ上がった瞬間、かねてから思いを寄せていた女三の宮の姿を垣間見てしまいます。

思いをつのらせた柏木が、小侍従（女三の宮の乳母子）に手紙を送る
小侍従が女三の宮に見せた柏木からの手紙には古歌（※2）が書かれており、それを見た女三の宮は、自分の姿が垣間見られていたことに気づきました。
御殿から飛び出してきた唐猫（中国産の猫）の首の綱が御簾に引っかかり、女三の宮の姿が露わに。それを垣間見た柏木は心奪われます。
あれは女三の宮…
宿願叶い現世に未練なし。この身を隠さむ
明石女御が東宮の男児を出産。明石入道が深山に入り消息を絶つ
明石の入道は、明石女御の出産の報を受けると「つまらぬわが身を熊や狼に施す」といって、全財産を周りの人々に分け与えたあと深山に入り身を隠しました。
六条院で蹴鞠が催され、柏木が女三の宮を垣間見る
きみのこと忘れられず
戯れはやめたまえ
ひとえに妹のごとし
やさしき姉のごとし
光源氏は朧月夜と再会し一夜をともにする
紫の上が女三の宮と対面し、打ち解けた仲になる

※2 古歌…見ずもあらず見もせぬ人の恋しくてひねもす今日はながめ暮らしつ（現代語訳：見たとも言えず、見ていないとも言えない人が恋しくて、今日は一日中物思いにふけっていました）

三十五

紫の上が発病し、柏木が女三の宮と密通する

若菜下　わかなげ

登場人物　紫の上　柏木　女三の宮　光源氏

女三の宮への思いをつのらせた柏木は、東宮を通じて女三の宮の唐猫を手に入れ、抱いて暮らします。真木柱（まきばしら）との縁談にも、柏木は興味を持ちません。やがて冷泉帝が譲位すると、明石女御が生んだ皇子が東宮となり、太政大臣（頭中将（とうのちゅうじょう））が引退、外戚の鬚黒（ひげくろ）が右大臣となって政権を担いました。十月、光源氏は明石女御や紫の上、明石の君らと住吉詣でをします。その後、女三の宮は二品（にほん）（※1）になり、源氏はますます丁重に扱わねばならなくなりました。一方、紫の上は出家を望みますが、源氏はそれを許しませんでした。

因果応報の密通事件

かの人と
同じ香りがす…
冷泉帝が譲位し、明石女御
が生んだ皇子が東宮となる
これよりは私人として
気ままに暮らさむ
柏木が女三の宮の唐猫を
手に入れて可愛がる
光源氏が明石女御、紫の上、明石の君、明石の尼君らと住吉詣でをする
50歳を迎うる
朱雀院を祝わん
光源氏が朱雀院の五十賀を計画。懐妊した明石女御が六条院に戻る
祝宴に先立ち女楽が催されるが、直後に紫の上が発病する

※二品…一品から四品まである親王の位階の内うち第二等。二品の律令制では、臣下の位は「位」で分け、親王・内親王の位は「品」を用いた。

源氏は、朱雀院の五十賀（ごじゅうのが）の準備を進めていました。翌年の正月下旬、源氏は祝宴に先立って女楽（おんながく）を催しますが、翌日、紫の上が発病し、心配した源氏は二条院に移して祝宴を延期します。一方、中納言になった柏木は朱雀院の女二の宮（落葉（おちば）の宮）と結婚するも、女三の宮への思いはつのるばかりです。そして源氏が紫の上の看病のため六条院を留守にしていた夜、柏木は小侍従に手引きさせ女三の宮の寝所に忍び込み、思いを遂げました。この密通で女三の宮が懐妊。不審に思った源氏は、柏木の手紙を発見してすべてを悟りました。

柏木が女三の宮の寝所に忍び込み思いを遂げる
ゆゆしき過ちを犯してけり…
女楽が催された夜、光源氏が紫の上に「六条御息所は才女だったが扱いにくい性格だった」と語ったことを恨んで、六条御息所の死霊が現れました。
紫の上が六条御息所の死霊のため危篤に陥るが、蘇生する
女三の宮が懐妊し、光源氏は柏木との密通を知る
この文字は柏木の…
光源氏が柏木を睨（にら）んで皮肉を言い、柏木が重い病になる
お前も老いからは逃れられぬ…
光源氏のひと言に震え上がった柏木は重い病に臥してしまい、自邸から致仕の大臣邸に引き取られました。
朱雀院の五十賀が女三の宮の主催で催される
高官が重病のときに行うは残念なれど…
おのれが犯しし過ちがおのれの身に返りくるという因果応報の物語なり…

三十六

源氏に睨まれ病となった柏木が死ぬ

柏木　かしわぎ

登場人物　柏木　女三の宮　光源氏　夕霧　落葉の宮

柏木の病は快方に向かうことなく年が明けました。柏木は死を願いながらも女三の宮への思いは断ちがたく、小侍従に託して手紙を届けました。その夜、女三の宮が産気づき、翌朝、男児（薫）を出産。しかし、産後に光源氏が冷淡な態度を見せたことから、女三の宮は父・朱雀院が見舞いに来た際に出家してしまいます。

女三の宮が男児を生み、柏木が病に死す

柏木が女三の宮に手紙を送ると返歌があり、それに感激した柏木は、この歌を女三の宮に返しました。
行方なき空の煙となりぬとも
思ふあたりを立ちは離れじ（※1）
病身の柏木が女三の宮へ手紙を送る
後の世の罪もすこし軽みなむや
女三の宮が男児を出産する
光源氏は生まれた男児を見て、自分の犯した罪の報いと受け止め、これだけの罰を受ければ、来世で受ける罰も少しは軽くなるだろうと考えました。
尼になさせたまいてよ
女三の宮が出家する
女三の宮の出家ののち、明け方の加持の最中に物の怪が現れて、自分が女三の宮に取り憑いて出家させたと告げます。この物の怪は、紫の上に取り憑いたがうまく行かず悔しかったと述べたため、六条御息所の死霊であることがわかりました。

※1現代語訳…行く方もない空の煙になったとしても、私はあなたの側を離れないでしょう。

女三の宮の出産と出家を知った柏木はますます衰弱していきます。柏木は、見舞いに訪れた夕霧に事情を秘したまま死後の源氏との仲の取りなしを頼み、妻・落葉の宮の面倒を見てあげてほしいとお願いすると、数日後に息を引き取りました。三月、女三の宮の若君・薫の五十日の祝いが行われました。夕霧は、柏木の遺言に応えようと落葉の宮とその母・一条御息所（いちじょうのみやすどころ）が暮らす一条宮をしばしば見舞ううちに、落葉の宮に惹（ひ）かれていきます。

柏木の病態を気にした帝は、柏木を元気づけるため右衛門督（うえもんのかみ）から権大納言（ごんだいなごん）に昇進させます。しかし、夕霧に遺言した数日後、柏木は「泡の消え入るやうに」死んでしまいます。
慎勿頑愚似汝爺（つつしみてぐわんぐなんぢのちちににるなかれ）
ことならば馴らしの枝にならさなむ葉守の神の許しありきと（※2）
妻のことを頼む
夕霧は落葉の宮を見舞ううちに心惹かれていく
薫の五十日の祝いが催される
柏木が夕霧に遺言し、ほどなく死去する
柏木の妻・落葉の宮が住む一条宮をしばしば訪れるようになった夕霧は、やがて恋心を抱きはじめ、その思いを歌にしてほのめかしました。
これまで心身ともに幼さの抜けない女性として描かれてきた女三の宮なれど、「柏木」では自ら出家を決断し、光源氏が妻に戻ってほしいと懇願してもそれを断る強さを示しけり

※2 現代語訳…いっそのことこの連理の枝のように私と親しくしてください。葉守の神（柏木に宿るとされる樹木を守る神）である亡き人のお許しもあったのですから。

三十七

柏木の霊魂が夕霧の夢に現れる

横笛　よこぶえ

登場人物　夕霧　柏木　光源氏

柏木の一周忌となり、光源氏と夕霧は手厚く供養しました。秋の夕暮れ、一条宮を訪れた夕霧は、一条御息所から柏木の形見の横笛を託されました。その夜、夕霧の夢に柏木が現れ、「笛は私の子孫に伝えてほしい」と言いました。翌日、六条院を訪れた夕霧が夢の話をすると、源氏は少し考えたあと「笛は私が預かっておこう」と言い、さらに夕霧が柏木の遺言のことを問うと、源氏は、夕霧が秘密に感づいていると思いつつ「私には覚えがない」と答えました。

夕霧が父・光源氏と柏木の因縁を探る

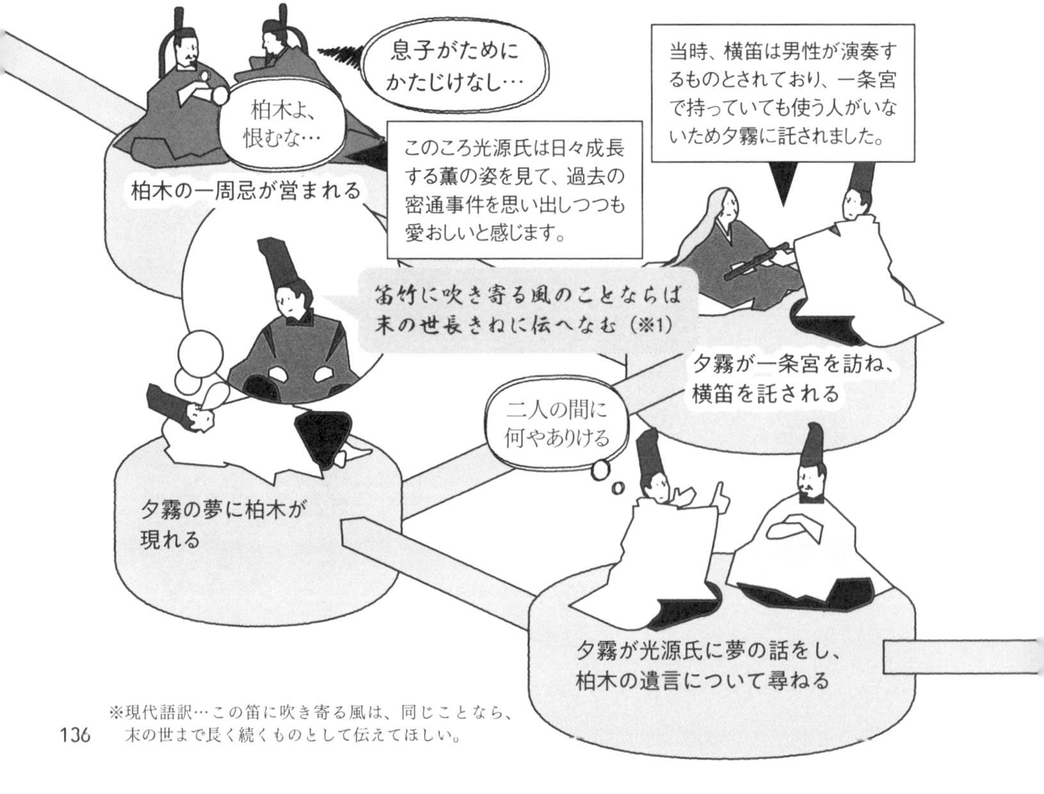
息子がために
かたじけなし…
柏木よ、
恨むな…
柏木の一周忌が営まれる
このころ光源氏は日々成長する薫の姿を見て、過去の密通事件を思い出しつつも愛おしいと感じます。
当時、横笛は男性が演奏するものとされており、一条宮で持っていても使う人がいないため夕霧に託されました。
笛竹に吹き寄る風のことならば
末の世長きねに伝へなむ（※1）
夕霧が一条宮を訪ね、
横笛を託される
夕霧の夢に柏木が
現れる
二人の間に
何やありける
夕霧が光源氏に夢の話をし、
柏木の遺言について尋ねる

※現代語訳…この笛に吹き寄る風は、同じことなら、末の世まで長く続くものとして伝えてほしい。

三十八

夏から秋へと季節は移りゆく

鈴虫　すずむし

登場人物　光源氏　女三の宮　夕霧　蛍兵部卿宮　冷泉院　秋好中宮

翌年の夏、女三の宮の持仏（※）の開眼供養が催されました。八月十五日、鈴虫の音を聞きながら源氏が琴を弾いていると、蛍兵部卿宮や夕霧らが六条院を訪れたため、管弦の遊びとなりました。その後、酒宴をはじめたところへ冷泉院からの使者が来たため、皆で参上し詩歌に興じました。源氏が秋好中宮のもとに立ち寄ると、中宮は六条御息所の死霊の噂を気に病んでおり、母を救済するため出家したいと言いましたが、源氏はそれを諫めました。

夕顔の娘・玉鬘の物語がはじまる

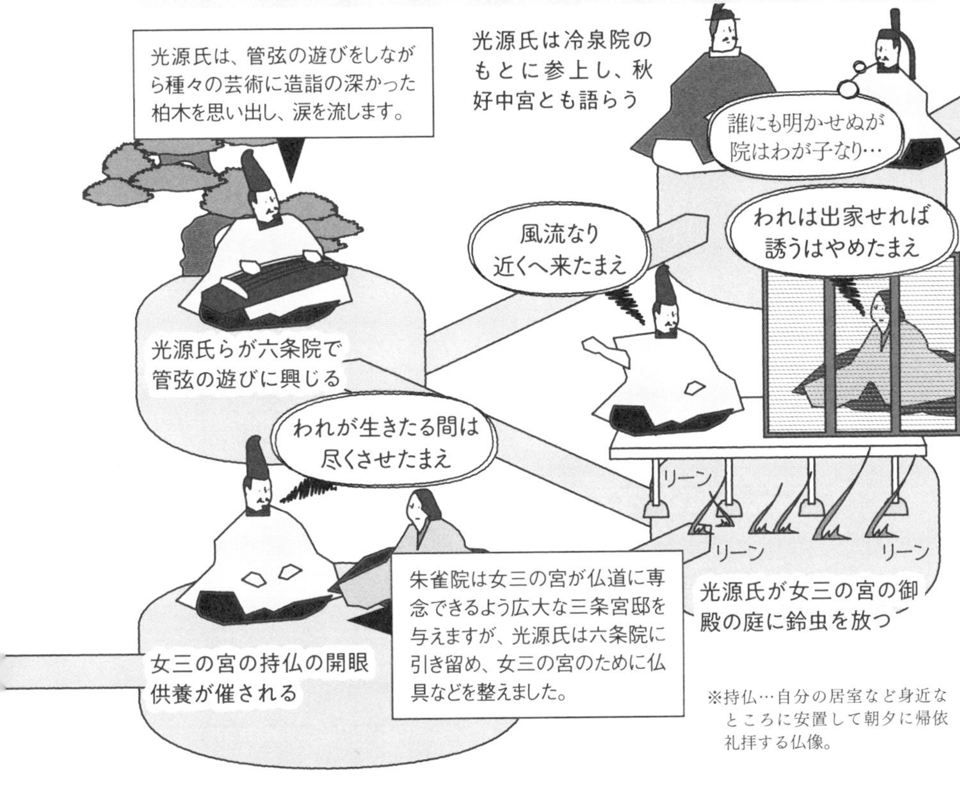

光源氏は、管弦の遊びをしながら種々の芸術に造詣の深かった柏木を思い出し、涙を流します。
光源氏は冷泉院のもとに参上し、秋好中宮とも語らう
誰にも明かせぬが院はわが子なり…
風流なり近くへ来たまえ
われは出家せれば誘うはやめたまえ
光源氏らが六条院で管弦の遊びに興じる
われが生きたる間は尽くさせたまえ
リーン
リーン
リーン
光源氏が女三の宮の御殿の庭に鈴虫を放つ
朱雀院は女三の宮が仏道に専念できるよう広大な三条宮邸を与えますが、光源氏は六条院に引き留め、女三の宮のために仏具などを整えました。
女三の宮の持仏の開眼供養が催される

※持仏…自分の居室など身近なところに安置して朝夕に帰依礼拝する仏像。

三十九

夕霧が落葉の宮への執着を深める

夕霧　ゆうぎり

登場人物　夕霧　落葉の宮　一条御息所　雲居雁

一条御息所が物の怪を患い、加持を受けるため娘の落葉の宮とともに小野（比叡山の西麓）の山荘に移りました。夕霧は御息所の見舞いと称して小野を訪れ、深く立ちこめた霧を口実に山荘に宿を求めます。その夜、夕霧は落葉の宮に切々と思いを訴えましたが、思いは叶わぬまま朝になってしまいました。一方、御息所は加持を行う律師（※）から、夕霧が山荘に一晩泊まったという話を聞いて、病を押して夕霧の真情を問いただす手紙を書いて送りました。

夕霧の求愛を拒み続けた落葉の宮

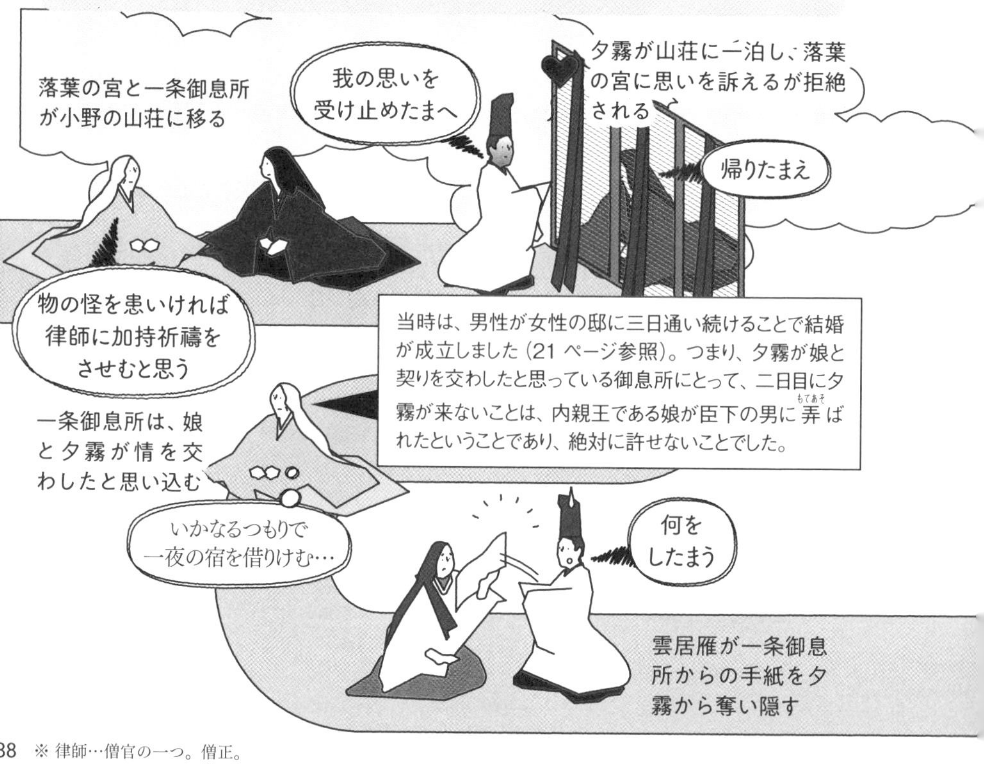
落葉の宮と一条御息所が小野の山荘に移る
我の思いを受け止めたまへ
夕霧が山荘に一泊し、落葉の宮に思いを訴えるが拒絶される
帰りたまえ
物の怪を患いければ律師に加持祈禱をさせむと思う
当時は、男性が女性の邸に三日通い続けることで結婚が成立しました（21 ページ参照）。つまり、夕霧が娘と契りを交わしたと思っている御息所にとって、二日目に夕霧が来ないことは、内親王である娘が臣下の男に弄ばれたということであり、絶対に許せないことでした。
一条御息所は、娘と夕霧が情を交わしたと思い込む
いかなるつもりで一夜の宿を借りけむ…
何をしたまう
雲居雁が一条御息所からの手紙を夕霧から奪い隠す

※ 律師…僧官の一つ。僧正。

ところが、嫉妬した雲居雁が御息所からの手紙を奪って隠してしまい、夕霧は返事が書けません。翌日、夕霧はようやく手紙を見つけ返事を書きますが、その間に、なかなか返事が届かないことに落胆した御息所は絶命してしまいます。訃報を聞いた夕霧は小野の山荘を訪れますが、母が死んだのは夕霧のせいと思っている落葉の宮は口もきいてくれません。説得するのは無理と考えた夕霧は、落葉の宮を一条宮に連れ戻し、強引に契りを交わします。それを知った雲居雁は腹を立て、実家の致仕の大臣（頭中将）邸へ帰ってしまいました。

この事態を嘆いた致仕の大臣は落葉の宮に「あなたのことを気の毒に思う一方で、恨めしく思う」という内容の歌を送り、それを読んだ落葉の宮は悲しみと無念に打ちひしがれます。
実家に帰るべし
この帖の最後、夕霧には雲居雁との間に八人、愛人の藤典侍（光源氏の家来・惟光の娘／109ページ参照）との間に四人の子どもがあることが明かさる
夕霧と落葉の宮の結婚に雲居雁が腹を立て、子どもたちを連れて実家に帰る
夕霧が落葉の宮を一条院に連れ戻し、強引に契りを結ぶ
このまま小野で尼にならばや…
落葉の宮は出家を望むが父・朱雀院に諫められる
夕霧は、周囲の人や世間に二人がすでに婚姻関係にあると思わせるため、落葉の宮が小野の山荘から一条院へ戻る手配を勝手に進め、邸で主人面をして落葉の宮の到着を待ちました。
一条御息所は、夕霧からの返事が届かないことに落胆し急逝する
手紙を送っても返事が来ず…
母を亡くした落葉の宮は夕霧を恨んで心を閉ざす

四十

光源氏の最愛の女性、紫の上が亡くなる

御法　みのり

登場人物　紫の上　光源氏　明石中宮（明石の姫君）　匂宮

数年前の大病以来、病気がちの紫の上は出家を願うも、光源氏はそれを許してくれません。三月、紫の上発願の法華経千部の供養が二条院で催され、死を予感していた紫の上は、明石の君や花散里らと歌を読み交わし、それとなく別れを告げます。夏、紫の上はさらに衰弱し、明石中宮の三の宮（匂宮）にさりげなく遺言を伝えました。秋になり、明石中宮が病床を見舞った翌朝、紫の上は中宮に手を取られながら亡くなりました。

紫の上が消えゆく露のように亡くなる

紫の上が出家を願うも、光源氏は許さない
さることを言うはやめたまえ
出家させたまえ
明石の君への和歌
惜しからぬこの身ながらもかぎりとて
薪尽きなむことの悲しさ（※1）
法華経千部の供養で、紫の上が明石の君と花散里に別れを告げる
大人になったらここに住みたまえ。花の季節には仏（私）にも供えたまえ
この悲しみを忘れられず
紫の上が亡くなり、翌日葬儀が行われる
紫の上が匂宮にさりげなく遺言を伝える
かのころが懐し…
秋好中宮からの弔問の手紙を読み、光源氏は「春秋争い」に思いをはせる

※1現代語訳…惜しくもないこの身ですが、これを最後に薪が尽きると思うと悲しいです。

四十一

光源氏が人生の終わりを悟る

幻　まぼろし

登場人物　光源氏

年が明けても光源氏の悲しみは癒えず、自分の行いが紫の上を苦しませたことを悔いました。春の花は、亡き妻への哀惜を深めます。八月の一周忌には、紫の上が生前に整えた曼荼羅を供養することにしました。十一月の新嘗祭でにぎわう時期も、源氏は出家のため身辺整理をし、紫の上の手紙をすべて焼きました。十二月の仏名会で、源氏は人々へのお別れのつもりで、久々に人前に姿を現します。晦日の日、源氏は自分の一生は終わったと感じました。

紫の上がいない一年と出家の準備

もの思ふと
過ぐる月日も
知らぬまに
年もわが世も
今日や尽きぬる
(※2)
年末、光源氏は自分の一生が終わったと感じる
「幻」のあとには、「雲隠」という題名だけの帖があるとされ、第三部の「匂宮」までの約8年の間に、光源氏がこの世から去りしことを暗示す
かきつめて
見るもかひなし藻塩草
同じ雲居の煙とをなれ (※1)
光源氏、紫の上の手紙をすべて焼き、出家の準備をする
われは
愚かなりき…
何を見るともわびしき
心地になるばかりなり…
光源氏は、紫の上を悲しませたことを後悔する
光源氏、季節がめぐるたびに紫の上のことを思い出す

※1 現代語訳…かき集めて見たところで甲斐もない手紙だ。紫の上と同じように空の煙となりなさい。
※2 現代語訳…もの思いしながら過ごし月日の経つのも知らぬ間に、今年も自分の命も今日が最後になったか。

COLUMN 6

平安時代の斎宮と斎院

神に奉仕した未婚の皇族女性たち

『源氏物語』には、斎宮や斎院がたびたび登場します。「斎宮」とは、皇室の未婚女性（内親王）から選ばれて、伊勢神宮の祭祀に奉仕した女性のことで、制度としては古代（「記紀」によると第十代崇神天皇の時代）から南北朝時代まで続きました。一方、賀茂神社の祭祀に奉仕した未婚の内親王を「斎院」といい、斎宮にならって平安時代にはじまり、鎌倉時代初期まで続きました。神に仕える女性はどちらも「斎王」と呼ばれますが、両者を区別するため、伊勢の斎王を「斎宮」、賀茂の斎王を「斎院」と呼び分けました。

斎宮

天皇の即位ごとに一人が選ばれ、3年の精進潔斎ののち伊勢に下向し、伊勢神宮に奉仕した。斎内親王、斎王、御杖代ともいう。75代続いたが、後醍醐天皇の皇女・祥子内親王（1333～1334年に在位）を最後として廃絶した。現在、三重県明和町の斎宮跡は国史跡に指定されている。

斎院

正しくは賀茂大神斎王といい、居所が京都市北区の紫野にあったことから紫野院とも称した。伊勢神宮の斎王制（斎宮）に倣ったもので、斎宮同様に天皇一代ごとに交代した。35代続いたが、後鳥羽天皇の皇女・礼子内親王（1204～1212年に在位）を最後として廃絶した。

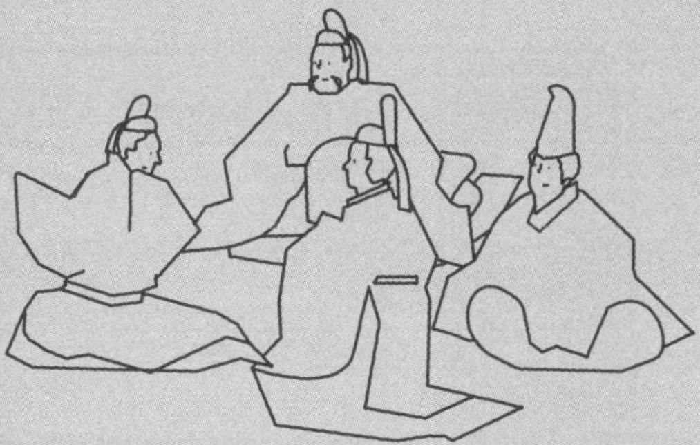

第七章

54帖を一気に解説！　その四（第三部）

光源氏亡きあとの物語

第三部では、亡き光源氏に代わって、
出生の秘密を持つ薫が主人公となります。
薫は親友でありライバルでもある匂宮とともに
恋に生き、恋に翻弄されて葛藤します。

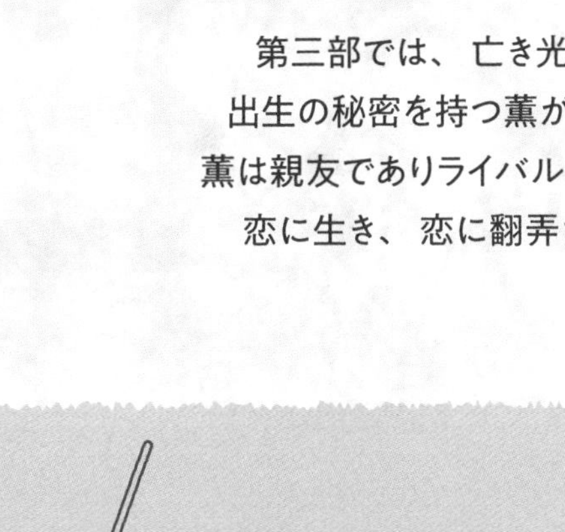

四十二　匂宮　におうのみや

光源氏の輝きを宿した二人の貴公子

登場人物　薫　匂宮

光源氏亡きあと、その輝きを継ぐほどの人は子孫の中に現れませんでしたが、子の薫（実は柏木の子）と孫の三の宮（匂宮）の二人は、美しい貴公子として評判でした。匂宮は宮中に御殿を与えられていましたが、紫の上から相続した里邸・二条院で気ままに過ごすことを好み、元服後、兵部卿となりました。一方、薫は冷泉院と秋好中宮からことに愛され、14歳で元服後、すぐに侍従となり、その年の秋には右近中将に任ぜられました。

憂いを湛える薫と情熱的な匂宮

薫と匂宮は、光源氏を継ぐ者として評判に

薫と匂宮
二人は極めて対照的なる性格なりき

薫

- 光源氏の子と思われているが、実は柏木と女三の宮の子。
- 実直で厭世的。地位や恋愛などに執着しない。
- 生まれつき体から芳香を発している。

匂宮

- 今上帝と明石中宮の間に生まれた三男で、光源氏の孫。
- 情熱的で風流を好む。恋愛関係は自由奔放。
- 薫に対抗して衣に香を焚きしめている。

しかし、薫は幼いときから自分の出生に疑念を抱いており、悩みを深めていました。また、薫の体には生まれつき芳香が備わっていて、その芳香は百歩離れていてもわかってしまうほどでした。そのため匂宮は薫に対抗し、いつも衣に香を焚きしめていました。そんな二人を、世間では「匂う兵部卿、薫る中将」ともてはやしました。二人を婿にしたいと望む人は多く、夕霧も娘の六の君を二人のどちらかと結婚させたいと考えていました。

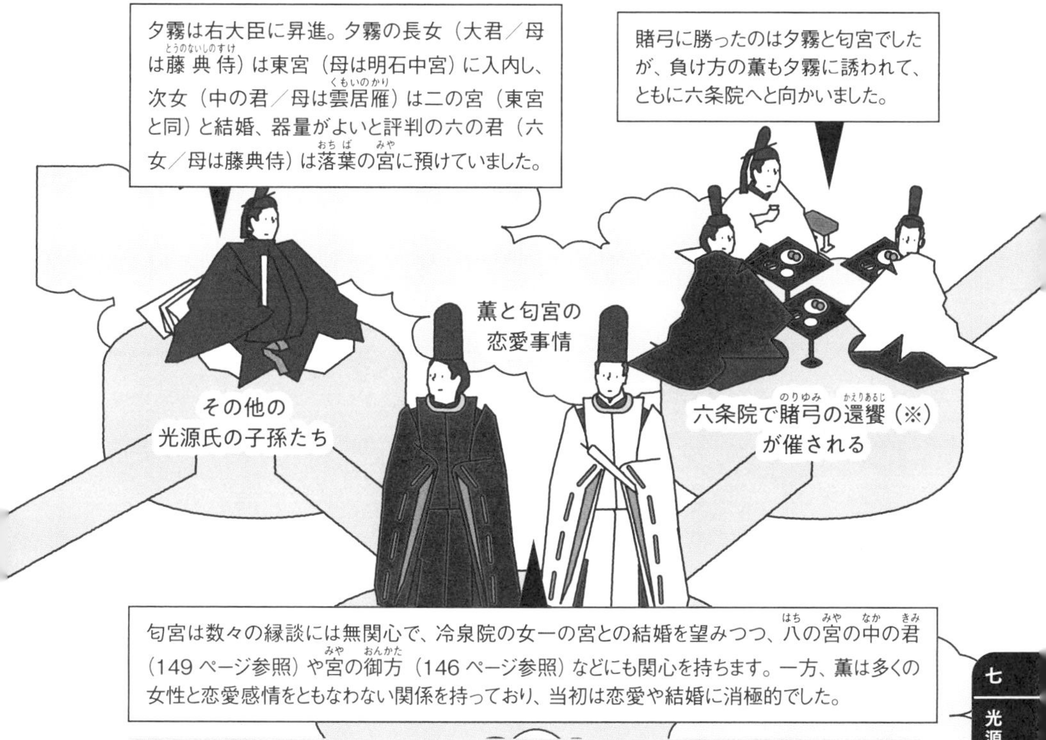
夕霧は右大臣に昇進。夕霧の長女（大君／母は藤典侍）は東宮（母は明石中宮）に入内し、次女（中の君／母は雲居雁）は二の宮（東宮と同）と結婚、器量がよいと評判の六の君（六女／母は藤典侍）は落葉の宮に預けていました。
賭弓に勝ったのは夕霧と匂宮でしたが、負け方の薫も夕霧に誘われて、ともに六条院へと向かいました。
薫と匂宮の恋愛事情
その他の光源氏の子孫たち
六条院で賭弓の還饗（※）が催される
匂宮は数々の縁談には無関心で、冷泉院の女一の宮との結婚を望みつつ、八の宮の中の君（149ページ参照）や宮の御方（146ページ参照）などにも関心を持ちます。一方、薫は多くの女性と恋愛感情をともなわない関係を持っており、当初は恋愛や結婚に消極的でした。

光源氏亡き後の六条院と女君たち

この「匂宮」の帖では、光源氏亡きあとの六条院や女君たちのその後のことも語られます。花散里は二条東院を相続し、明石の君は明石中宮の子たちの面倒を見ながら幸せに暮らしていました。女三の宮は朱雀院から相続した三条宮に移り、春の町の東の対には明石中宮が生んだ女一の宮が入り、寝殿は次の東宮と目される二の宮が里邸としていました。また、夏の町には落葉の宮の一条宮が移され、夕霧は雲居雁のいる三条宮と夏の町を、一夜置きに月十五日ずつ律儀に訪問していました。

※賭弓の還饗…宮中で賭弓（賞品を賭けて弓を射る儀式）を行ったあと、勝者の大将が配下の射手を招いて催した宴。

四十三

按察大納言が匂宮を婿に迎えようとする

紅梅　こうばい

登場人物　按察大納言　匂宮

柏木の弟・按察大納言には、亡くなった北の方との間に二人の姫君があり、今は、亡き蛍兵部卿宮の未亡人・真木柱と再婚して男児（大夫の君）をもうけ、真木柱の連れ子（宮の御方）も邸内に住まわせていました。大納言は、二人の姫君のうち大君を東宮妃とするため参内させ、中の君も匂宮と結婚させたいと考えており、紅梅に歌を添えて匂宮に送り、気を引こうとします。しかし、匂宮は中の君よりも宮の御方に心惹かれていました。

匂宮が宮の御方に求愛する

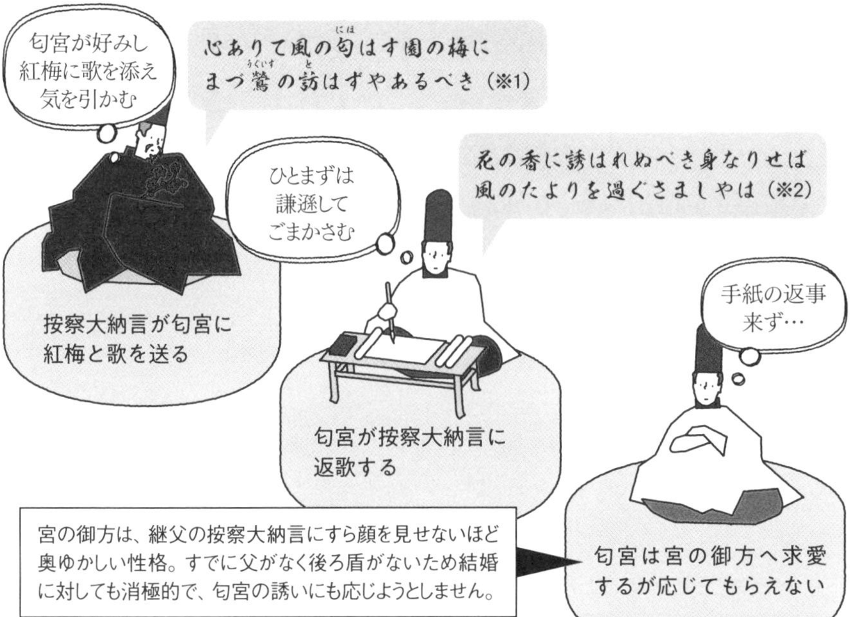
匂宮が好みし紅梅に歌を添え気を引かむ
心ありて風の匂はす園の梅にまづ鶯の訪はずやあるべき（※1）
按察大納言が匂宮に紅梅と歌を送る
ひとまずは謙遜してごまかさむ
花の香に誘はれぬべき身なりせば風のたよりを過ぐさましやは（※2）
匂宮が按察大納言に返歌する
手紙の返事来ず…
宮の御方は、継父の按察大納言にすら顔を見せないほど奥ゆかしい性格。すでに父がなく後ろ盾がないため結婚に対しても消極的で、匂宮の誘いにも応じようとしません。
匂宮は宮の御方へ求愛するが応じてもらえない

※1 現代語訳…そのつもりがあって風が匂いを送る園の梅（中の君）に、さっそく鶯（匂宮）が訪れなくともよいのでしょうか。

※2 現代語訳…花の香に誘われてよい身でしたら、風の便りを見過ごすでしょうか。

四十四

玉鬘とその家族たちの物語

竹河　たけかわ

登場人物　玉鬘　蔵人少将

今は亡き鬚黒と玉鬘の間には三男二女がありました。姫君は今上帝や冷泉院から入内を求められており、夕霧の三男・蔵人少将も長女（大君）に思いを寄せていました。結局、大君は冷泉院に参内し、今上帝の機嫌を損ねたことで玉鬘は息子たちから責められます。その後、大君は女宮と男宮を出産しますが、周囲からの嫉妬がつらく里下がりすることが多くなりました。数年後、中納言に昇進した薫の訪問を受け、玉鬘は婿にしておいたならと悔やみました。

参内するも幸福になれなかった大君

少将は位が低ければ大君は嫁がせられぬ…
蔵人少将が大君に求婚するも断られる
薫が玉鬘の邸を訪れて、大君に恋心を抱く
このとき、玉鬘は薫が弾く和琴の音が柏木とそっくりなことに驚きます
母よ、我々の出世に響かずや
玉鬘が大君を冷泉院に参内させ、帝が機嫌を損ねる
蔵人少将が碁をする二人の姫君を垣間見る
これで帝の機嫌が直らむや…
玉鬘が尚侍の位を中の君に譲る
過ちにけり…
数年後、玉鬘は薫を婿にしなかったことを後悔する
「匂宮」「紅梅」「竹河」は「匂宮三部作」とも呼ばれたり。この三帖は、時系列の乱れや登場人物の官位の記述の矛盾などがあるとして、別作者が書いたといふ説もあり

四十五 橋姫　はしひめ

薫と源氏の異母弟・八の宮との出会い

登場人物　薫　八の宮　大君　中の君

光源氏の異母弟・八の宮は、二人の姫君とともに宇治の山荘に引きこもり、仏道修行に励んでいました。八の宮の噂を聞いた薫は山荘を訪れ、その俗世を捨てた生活ぶりに惹かれて、宇治に通うようになりました。3年後の晩秋、たまたま八の宮が留守のときに山荘を訪れた薫は、琴と琵琶を合奏する二人の姫君を垣間見て、大君に強く惹かれます。その後、薫は八の宮の邸に仕える老女房・弁から、自身の出生の秘密を聞いて衝撃を受けます。

薫が自身の出生の秘密を知る

八の宮の存在を知った薫が宇治を訪れるようになる
われも
この人のごとく
生きゆかばや…
八の宮の二人の姫君を垣間見た薫は、大君に惹かれる
さても
なまめかしき…
姫君らのことは
ご心配なく
われの
死後の憂い
なくなりき…
薫が八の宮の二人の姫君の後見を引き受ける
実は中将の
本当の父は…
この老女房・弁は柏木の乳母子で、小侍従（131ページ参照）とともに薫の出生の秘密を知る数少ない人物の一人でした。
薫は老女房の弁から、自身の出生の秘密を聞かされる

四十六

八の宮亡きあとも宇治に暮らす姫君たち

椎本　しいがもと

登場人物　匂宮　薫　八の宮　大君　中の君

二月下旬、薫から宇治の姫君たちの話を聞いて興味を持った匂宮は、長谷寺詣でを口実に宇治にある夕霧の別邸を訪れ、八の宮の中の君と歌を交わしました。七月、容態の優れない八の宮は、改めて薫に姫君たちの後見を頼み、翌月、八の宮は姫君たちに軽率な結婚をしないよう戒めたあと、山寺に籠もって亡くなりました。年末、薫は大君に、中の君への匂宮の思いを伝え、大君への自分の思いも伝えますが、大君はとりあおうとしませんでした。

二人の貴公子と宇治の姫君

夏、宇治を訪れた薫が喪服姿で涼む姫君たちを垣間見る
また山桜の季節か…
匂宮が中の君への思いをつのらせる
喪服姿もまたなまめかし
薫が大君に、匂宮の中の君への思いと自分の大君への思いを伝える
つららとぢ駒ふみしだく山川をしるべしがてらまづや渡らむ（※2）
山桜にほふあたりに尋ね来て同じ挿頭（かざし）を折りてけるかな（※1）
八の宮が姫君たちに軽率な結婚を戒め、山寺に籠もり亡くなる
匂宮が宇治を訪れ、中の君と歌を交わす

※１現代語訳…山桜が咲き匂うこの地にやってきて、同じ桜を頭の飾りとして手折りました。
※２現代語訳…氷に閉ざされて馬が踏み砕いて行く山川を、匂宮の案内がてらまずは私が渡りましょう。

四十七　総角　あげまき

薫を装った匂宮が中の君と契りを交わす

登場人物　薫　大君　匂宮　中の君

八月、八の宮の一周忌のころ、薫は再び大君に思いを伝えますが、独身を貫くと決めている大君は受け入れようとしません。九月、薫は弁の手引きで大君の寝所に忍び込みますが、薫と妹の結婚を望む大君は中の君を残して隠れてしまい、薫は中の君と何ごともなく夜を明かしました。中の君を匂宮と結婚させれば大君も自分になびくと考えた薫は、匂宮を手引きし、薫を装った匂宮は中の君と契りを交わします。しかし、騙されたと知った大君は薫を恨みました。

大君との結婚のため、薫は姫君たちを騙す

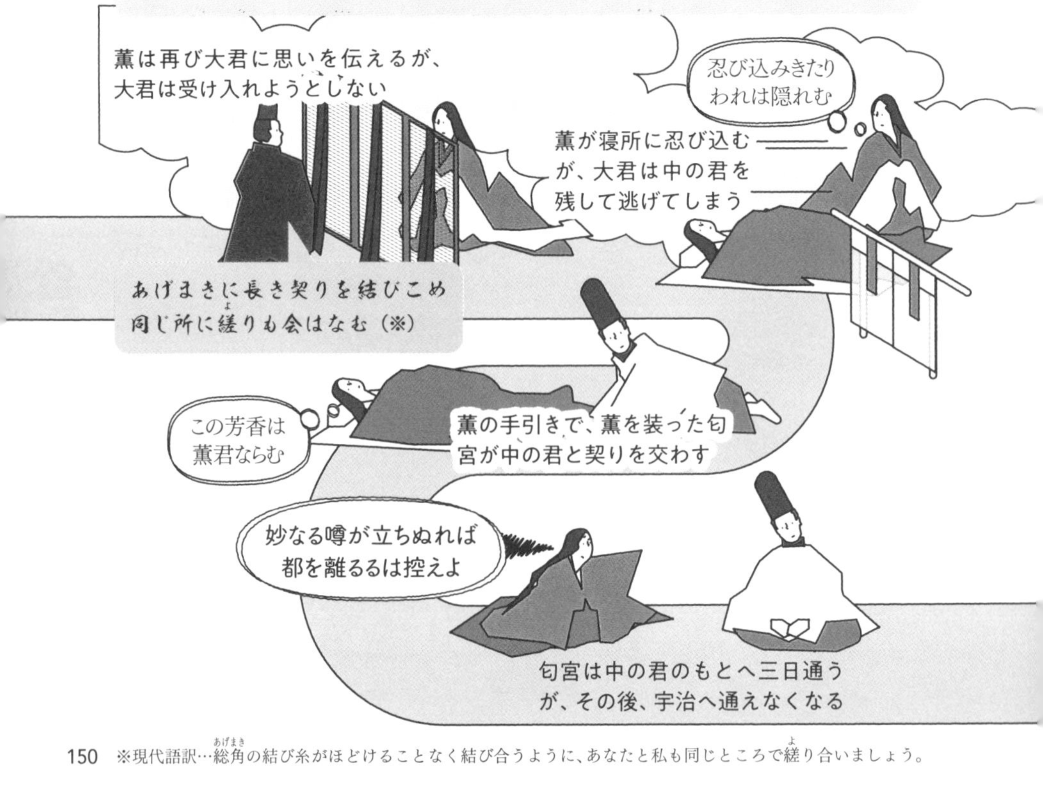
薫は再び大君に思いを伝えるが、
大君は受け入れようとしない
忍び込みきたり
われは隠れむ
薫が寝所に忍び込む
が、大君は中の君を
残して逃げてしまう
あげまきに長き契りを結びこめ
同じ所に縒りも会はなむ（※）
この芳香は
薫君ならむ
薫の手引きで、薫を装った匂
宮が中の君と契りを交わす
妙なる噂が立ちぬれば
都を離るるは控えよ
匂宮は中の君のもとへ三日通う
が、その後、宇治へ通えなくなる

※現代語訳…総角（あげまき）の結び糸がほどけることなく結び合うように、あなたと私も同じところで縒り（よ）合いましょう。

匂宮は中の君のもとへ三日間通いましたが、母である明石中宮から頻繁な外出をとがめられ、宇治から足が遠のいてしまいます。十月、匂宮は紅葉狩りを口実に中の君に会おうと宇治を訪れますが、明石中宮から迎えが寄越され、山荘に寄ることなく帰京してしまいます。さらに匂宮と夕霧の六の君の縁談の噂を聞いた大君は落胆して病に伏し、十一月、見舞いに訪れた薫の看病もむなしく亡くなりました。

大君は心の底では薫のこと慕いつつ、母のごとく中の君の行く末ばかりを案じて心労の末にかくれぬ
二条院の西の対に迎へ入れむと思う
明石中宮の許しがあり、匂宮が中の君を引き取ることになる
匂宮から中の君を二条院に引き取ると聞いた薫は密かに、大君亡きあとはせめて中の君を三条宮に迎えたかったと後悔します。
きみあらずならば我も生きゆくべからず
もはや何も信じられず…
大君が薫に看取られながら亡くなり、薫が宇治で喪に服する
匂宮と夕霧の六の君の縁談を知った大君が絶望し、病に伏す
匂宮と薫の本当の目的は姫君に会うことでしたが、明石中宮が衛門督（えもんのかみ）（夕霧の長男）ら大勢を迎えに寄越したため、二人は山荘に立ち寄れずしぶしぶ帰京します。
匂宮は宇治で紅葉狩りを催すが、中の君に会えぬまま帰京する

四十八

匂宮が中の君を二条院に迎える

早蕨 さわらび

登場人物 中の君 匂宮 薫

匂宮は、二月上旬に中の君を二条院に迎えることにします。薫は中の君の面倒を見ながらも、内心では匂宮との縁を取り持ったことを後悔していました。一方、夕霧はこの二月に六の君と匂宮を結婚させたいと考えていたため、匂宮が妻を迎えたと聞いて不快に思い、薫を六の君の婿にと考えましたが、断られてしまいます。桜の盛りのころ、薫は二条院を訪れ中の君と親しく語らいます。しかし、それを匂宮が嫉妬したため、中の君はつらく感じました。

匂宮が薫の下心を疑い嫉妬する

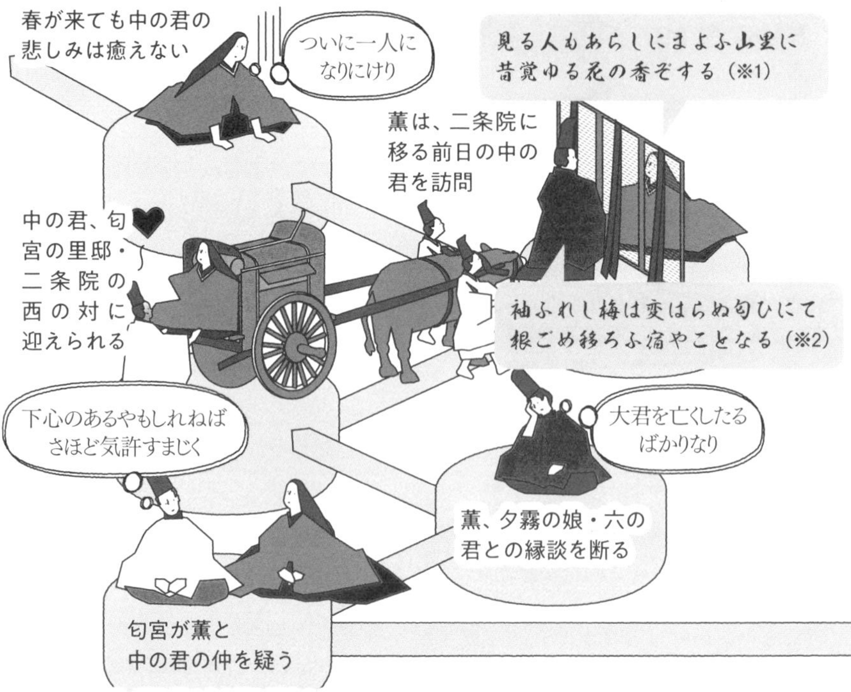
春が来ても中の君の悲しみは癒えない
ついに一人になりにけり
見る人もあらしにまよふ山里に昔覚ゆる花の香ぞする（※1）
薫は、二条院に移る前日の中の君を訪問
中の君、匂宮の里邸・二条院の西の対に迎えられる
袖ふれし梅は変はらぬ匂ひにて根ごめ移ろふ宿やことなる（※2）
下心のあるやもしれねばさほど気許すまじく
大君を亡くしたるばかりなり
薫、夕霧の娘・六の君との縁談を断る
匂宮が薫と中の君の仲を疑う

※１現代語訳…花を見る人も嵐に迷うような山里に、昔を思い出す花の香りがします。
※２現代語訳…親しんだ梅の香りは変わりませんが、根ごと移る邸は他人のところなのでしょうか。

四十九

匂宮がいない二条院で思いをつのらせる薫

宿木　やどりぎ

登場人物　匂宮　六の君　中の君　薫　女二の宮　浮舟

今上帝は、娘（女二の宮）を薫に嫁がせたい考えていました。その噂を聞いた夕霧は、薫を婿にするのは無理と考えて六の君を匂宮に嫁がせました。そのため、匂宮は二条院に戻ることが少なくなり、中の君は悲嘆に暮れます。ある夜、二条院を訪れた薫は中の君の袖を取って迫りますが、中の君が懐妊していることに気づき自制します。中の君は、薫の思いを自分から逸らせるために、大君にそっくりな異母妹（浮舟〔うきふね〕）がいることを打ち明けました。

中の君が姉にそっくりな異母妹の存在を明かす

中の君が男児を出産。薫は女二の宮と結婚する
さてもよく似た妹君なり…
二の宮は好ましき人なれどなお大君のことは忘れられず…
まことなりや？
大君とよく似た異母妹のあるなり…
宇治を訪れた薫は、大君の異母妹・浮舟を垣間見る
中の君は薫に、大君にそっくりな異母妹・浮舟の存在を明かす
みなれぬる中の衣と頼めしをかばかりにてやかけ離れなむ（※）
やはり兵部卿宮に嫁がせむ
薫と女二の宮の縁談を知った夕霧は、六の君を匂宮に嫁がせる
薫が中の君に迫るが自制。二条院に戻った匂宮が薫の残り香をあやしむ

※ 現代語訳…これまで慣れ親しんできた夫婦の仲と思い頼りにしてきましたが、このような移り香くらいで縁が切れてしまうのですね。

五十

匂宮に言い寄られた浮舟が姿を隠す

東屋　あずまや

登場人物　薫　浮舟　中の君　匂宮

浮舟の母（中将の君）は、浮舟を左近少将（※）に嫁がせようとしましたが、財産目当ての左近少将は浮舟が常陸介（※）の実の娘ではないと知り、妹に乗り換えてしまいます。中将の君は、浮舟を二条院の中の君に預けることにしましたが、浮舟を見つけた匂宮が強引に言い寄ります。騒ぎを知った中将の君は、中の君に迷惑を掛けまいと浮舟を三条の小家に隠しました。晩秋、浮舟が三条にいることを知った薫は、小家を訪ねて一夜をともにしました。

中将の君が浮舟を中の君に預ける

浮舟の縁談が破談となる
中将の君が、浮舟を異母姉の中の君に預ける
財産目当てなれば実の娘なる妹に乗り換えむ
浮舟の母は八の宮の北の方（正妻）の妹で、常陸介との再婚後は東国で暮らしていました。
突然迫られて喫驚せり
ドキドキ
匂宮に強引に言い寄られて驚いた浮舟を、中の君が慰める
都は恐ろしき…
きみのことを思い続けたりき
浮舟と一夜を過ごした薫が、浮舟を宇治の邸に匿う
騒動を知った中将の君が浮舟を三条の小家に隠す

※1 左近少将…左近衛府の次官で、正五位下相当（40ページ参照）。
※2 常陸介…常陸国の次官。常陸国（現在の茨城県）は親王が国主を務めるが現地に赴任しなかったため、実務上は常陸介が最高官だった。

五十一

勾宮が強引に浮舟と契りを結ぶ

浮舟 うきふね

登場人物 勾宮 浮舟 薫

勾宮は、二条院で見かけた浮舟のことが忘れられません。正月、中の君のもとに届いた手紙で浮舟の居所を知った勾宮は、家来に調べさせ、薫が浮舟を宇治に囲っていることを知ります。ある夜、勾宮は宇治を訪れ、薫を装って浮舟の寝所に忍び込み強引に契りを結びました。薫が浮舟を京に迎える準備を進めるなか、浮舟は情熱的な勾宮にも惹かれていきます。そしてある夜、薫と勾宮の手紙を運ぶ従者が鉢合わせして、浮舟の不倫が発覚してしまいます。

薫と勾宮の間で板挟みとなった浮舟

勾宮と薫の使者が鉢合わせし、薫が浮舟の不倫を知る
誰にも知られずにわれが消えなば…
きみが心変わりするとは…
薫と勾宮の板挟みに苦悩した浮舟が入水(じゅすい)を決意する
橘(たちばな)の小島の色は変はらじをこの浮舟ぞ行方知られぬ（※）
京に移らむ
勾宮は知人の別荘に浮舟を連れ出し二日間を過ごす
薫が浮舟に、三条宮近くに迎えたいと語る
かの女を…
われなり
勾宮は、薫が浮舟を宇治に囲っていることを知る
誰なり?
勾宮が薫になりすまして浮舟の寝所に忍び込む

※ 現代語訳…橘の小島の色は変わりませんが、この浮舟のような私の身はどこへ行くのでしょうか。

五十二

浮舟が姿を消し、悲嘆に暮れる人々

蜻蛉　かげろう

登場人物　匂宮　薫

浮舟が姿を消し、宇治の邸は大騒ぎになりました。浮舟の母・中将の君や女房たちは、浮舟が入水したと思い悲嘆にくれます。葬儀後に浮舟の死を知った薫は驚き、匂宮は病に伏せってしまいました。薫は中将の君を哀れに思い、手紙を送って浮舟の弟たちの後見を約束し、四十九日の法要を盛大に行いました。夏、薫は今上帝の女一の宮を垣間見て心惹かれ、妻の女二の宮に同じ装束を着せてみましたが、心は慰められませんでした。

浮舟が姿を消したあとの薫と匂宮

浮舟が失踪。中将の君と女房たちが葬儀を行う
鬼にさらわれけむか？
浮舟の死を知り病に伏した匂宮に、薫が皮肉を言う
きみも故人のことを知るらむぞ
ご子息らが仕官さるるときは必ず助けたてまつる
かほどの美人がこの世にありや？
薫が中将の君に手紙を送り、浮舟の四十九日の法要を営む
薫は今上帝の女一の宮を垣間見て強く心惹かれる
蜻蛉のごとくみな消えぬ…
女房に身を落とした宮の君（※）を見て、薫は八の宮の姫君たちに思いを馳せる

※ 宮の君…宮の御方（146ページ参照）。

五十三

意識朦朧とした浮舟が発見される

手習　てならい

登場人物　浮舟　横川僧都　明石中宮　薫

そのころ、比叡山の横川に高徳の僧都がいました。その母尼と妹尼が長谷寺詣の帰りに宇治の院に泊まったときに、院の裏手で倒れている浮舟が見つかりました。二人は浮舟を自分たちの山荘に連れ帰り、僧都が祈禱したところ、浮舟の意識が戻りました。浮舟は、妹尼の亡き娘の婿から言い寄られ、煩わしく思います。その後、浮舟は僧都に懇願して出家しました。この話は僧都から明石中宮の耳に入り、やがて薫にも伝えられました。

失踪から約１年後、浮舟の消息が薫に伝わる

浮舟の住みたる山里は
いずれのあたりならむ
浮舟の噂が僧都から明石中宮へ、そして薫へと伝わる
浮舟が横川の僧都に懇願して出家。それを知った妹尼が悲しむ
身を投げし涙の川の早き瀬に
しがらみかけてたれかとどめし（※1）
なきものに身をも人をも思ひつつ
捨ててし世をぞさらに捨てつる（※2）
手習いをして過ごす浮舟に、妹尼の亡き娘の婿が言い寄る
宇治の院の裏で意識を失った浮舟が発見される
横川の僧都の祈禱で、浮舟が意識を取り戻す
われが生きたることを
人に知らるまじ…

※１現代語訳…涙を流して身を投げたあの川の早い流れを、柵をかけて堰止めてしまったのは誰なのでしょう。
※２現代語訳…この身も人もこの世にないものと思いつつ、捨てた世をさらにまた捨てたのです。

五十四

出家した浮舟は俗世との縁を断つ

夢浮橋　ゆめのうきはし

登場人物　浮舟　薫　横川僧都

薫は比叡山の横川を訪ね、僧都から浮舟発見からこれまでのことを聞いて涙を落としました。その姿を見て、僧都は浮舟を出家させたことを後悔します。薫は浮舟に逢わせてほしいと懇願しますが、僧都は出家した女性に逢わせるのは罪になるとして応じません。そこで薫は、浮舟の弟・小君（こぎみ）を使者にして浮舟に手紙を送りましたが、浮舟は仲のよかった小君にすら会おうとしません。京で待っていた薫は、小君が何の情報も得ずに帰ってきたことに落胆し、浮舟がほかの男に囲われているのではないかと疑うのでした。

心を閉ざし苦悩する浮舟

薫が横川の僧都より浮舟発見後の経緯を聞く
かの人に間違いなし。生きたりけり…
薫が小君を使いに立てて浮舟への手紙を送る
なんじの姉に会いたし
もう出家の身なれば逢わぬことにす
薫からの手紙を読み、浮舟は心乱れる
いとかたわらいたかるべし…
小君が浮舟の住まう小野の山荘を訪ねるが、浮舟は面会を断る
誰かがかの女を囲いたるか…
小君が何の情報も得ぬまま帰京し、薫は落胆する

主要参考文献

『源氏物語五十四帖』清水好子著（平凡社）

『源氏物語を知る事典』西沢正史編（東京堂出版）

『NHK「100分de名著」ブックス 紫式部 源氏物語』三田村雅子著（NHK出版）

『源氏物語の世界』中村真一郎著（新潮社）

『源氏物語を読む』高木和子著（岩波書店）

『はじめて読む 源氏物語』藤原克己監修／今井上編（花鳥社）

『深掘り！ 紫式部と源氏物語』中野幸一著（勉誠社）

『源氏物語の時代　一条天皇と后たちのものがたり』山本淳子著（朝日新聞出版）

『眠れなくなるほど面白い 図解 源氏物語』高木和子監修（日本文芸社）

『源氏物語解剖図鑑 平安人の暮らしとキモチがマルわかり』佐藤晃子著（エクスナレッジ）

『図解でスッと頭に入る紫式部と源氏物語』竹内正彦監修（昭文社）

『平安朝の生活と文学』池田亀鑑著（筑摩書房）

『紫式部と摂関政治の時代がよくわかる本』歴史の謎を探る会編（河出書房新社）

『平安時代大全』山中裕著（KKロングセラーズ）

『はじめての王朝文化辞典』川村裕子著（KADOKAWA）

『源氏物語を知りたい』吉田裕子監修（枻出版社）

Webサイト『源氏物語の世界』渋谷栄一著
http://www.sainet.or.jp/~eshibuya/

Webサイト「青空文庫」『源氏物語』与謝野晶子著
https://www.aozora.gr.jp/index_pages/person885.html

STAFF

編集・執筆	小芝俊亮（株式会社小道舎）
本文イラスト	本村 誠
カバーイラスト	ぷーたく
カバー・本文デザイン	別府 拓、奥平菜月（Q.design）
DTP	G.B. Design House

監修 吉田裕子（よしだ ゆうこ）

国語講師。三鷹古典サロン裕泉堂主宰。東進ハイスクール・大学受験Gnobleで現代文・古文・漢文を教える。2011年から大人向け古典入門講座をはじめ、NHK学園・毎日文化センターなどのカルチャースクール、各地の公民館・図書館、企業のリベラルアーツ研修など、多数の講座に登壇している。たとえ話や笑いを交えた講座は、古典の世界を身近に感じられると好評。モットーは「国語で人生に輝きと潤いを」。東京大学教養学部・慶應義塾大学文学部卒業。放送大学大学院・京都芸術大学大学院学際デザイン研究領域修了。『美しい女性（ひと）をつくる言葉のお作法』『大人の語彙力が使える順できちんと身につく本』（ともに、かんき出版）、『るるぶ マンガとクイズで楽しく学ぶ！ 源氏物語』（JTBパブリッシング）ほか著書・監修書多数。

紫式部と源氏物語
見るだけノート

2023年12月27日　第1刷発行

監　修　吉田裕子

発行人　蓮見清一
発行所　株式会社 宝島社
〒102-8388
東京都千代田区一番町25番地
電話　営業：03-3234-4621
　　　編集：03-3239-0927
https://tkj.jp

印刷・製本　サンケイ総合印刷株式会社

Printed in Japan
ISBN 978-4-299-04954-4